本书由中央民族大学一流本科建设经费和学科建设经费资助出版

历史—社会与文学呈现

1944—1984

闫作雷 著

文化艺术出版社
Culture and Art Publishing House

图书在版编目（CIP）数据

历史-社会与文学呈现：1944—1984 / 闫作雷著.

北京：文化艺术出版社, 2024. 12. -- ISBN 978-7

-5039-7770-1

Ⅰ. I206.6

中国国家版本馆CIP数据核字第20246778GN号

历史—社会与文学呈现（1944—1984）

著　　者　闫作雷

责任编辑　田守强　李梦希

责任校对　董　斌

书籍设计　赵　矗

出版发行　文化艺术出版社

地　　址　北京市东城区东四八条52号（100700）

网　　址　www.caaph.com

电子邮箱　s@caaph.com

电　　话　（010）84057666（总编室）　84057667（办公室）

84057696—84057699（发行部）

传　　真　（010）84057660（总编室）　84057670（办公室）

84057690（发行部）

经　　销　新华书店

印　　刷　国英印务有限公司

版　　次　2024年12月第1版

印　　次　2024年12月第1次印刷

开　　本　710毫米×1000毫米　1/16

印　　张　10.75

字　　数　125千字

书　　号　ISBN 978-7-5039-7770-1

定　　价　58.00元

前　言

本书聚焦于20世纪40年代至70年代与新时期之初两个时段的文学和社会，考察作家的文学认知、现实理解尤其是作品连带的历史—社会面，呈现“当代历史”的发展脉络、变革理路，彰显“当代文学”及社会主义现代性的内在张力。也即，若将“道”界定为一种统摄性的原理，“术”乃策略、手段，以二者观察当代历史，则“道”可理解为革命信念或社会主义原则，“术”即实现此“道”的发展方式、治理方式。二者的关系为整体把握此时期作家的创作乃至中国革命与社会主义发展历程提供了切入点。这一或隐或显的辩证关系，构成考察当代历史与文学的一个潜在线索。

上编以人民文艺的创生与展开为中心，展现创作与生活的关系及作家以文学回应社会现实的方式，同时也深入观念论争，揭示结构性问题。本编几篇文章讨论的问题分别对应20世纪40年代、50年代、60年代。通过对读阮章竞的工作笔记《乡间记事》与新歌剧《赤叶河》等作品，可以看到作家在基层工作深入过程中创作的深入与主体的成长，人民文艺的创生与之紧密相关。《山乡巨变》塑造的三种不同类型的乡村干部，体现出作者对农业合作化运动及乡村干部应具何种素质的思考，这一思考内在于当代历史的结构性困境，在其后的社会主义文艺中还将反复出现。赵树理新中国成立后一直关注文学青年的创作道路与农村知识青年的未来出路，并在 20 世纪 60 年代初将之文学化，不过这一“文艺生产”也有其限度：返乡文学（知识）青年安心回嵌乡土，打通情理之外，仍需一些安排。

下编几篇文章从科技转型、农村改革等方面，考察历史转轨时期的社会变革、人心动向及作品中多面向的时代精神，辨析其与 20 世纪 40 年代至 70 年代的内在联系。新时期科幻小说对“民间科学”的态度，与科学专业化趋势相悖，但却带出了 20 世纪 50 年代至 70 年代的“群众科学”、历史转折时期“群众性科学实验运动”的历史，“民科”叙事为思考科学主义话语、科技政治等问题提供了另类视角。高晓声的“陈奂生系列”涉及农民致富方式尤其是社队企业与此前时代乡村工业化的关系，呈现了新时期农村改革的全景、作家以文学方式深化的现实认知，“陈奂生系列”因之就不是社会学材料，而是内含与农村改革的现实高度互动的文学力量。

本书考掘时代印记的同时，力图关注历史中人的主体成长、经验构成及文学作品参与意义生产、丰盈历史的潜能，以点带面，在历史与美学的双重视野中，重返 20 世纪 40 年代至新时期初期的文学。

目　录

上编

人民文艺的创生与展开

深入工作与人民文艺的创生

——阮章竞的乡村工作笔记及相关创作（1945—1948）

1944 年 1 月，太行根据地开始了为期 16 个月的第三期整风，太行文联的阮章竞参加了这次整风。因在整风中受到不少刺激和委屈，整风结束后，阮章竞负气不再从事文艺工作，坚决要求去基层做调查研究。1945 年 5 月，阮章竞被太行第八地委派到陵川县赤叶河一带调查租佃问题和减租减息落实情况，从 6 月 11 日到村至 8 月 16 日离开，阮章竞在赤叶河工作了两个多月。1946 年 2—5 月，他又在武陟县南王村指导群众“反奸清算”。6 月，阮章竞重回太行文联，以赤叶河、南王村的农民斗争为素材，接连创作了秧歌剧《南王翻身谣》（1946 年 9 月完成，未曾排演和发表）、长篇叙事诗《圈套》（1947 年 2 月完成，5 月出版）、歌剧《赤叶河》（1947 年 9 月完成，1948 年 2 月出版）等作品。这些作品有力配合了晋冀鲁豫中央局的土地会议以及其后全面展开的土改运动。1948 年 2—6 月，阮章竞作为土改工作团的主要负责人，在安阳西积善村主持土改复查和整党，且在工作之余写下 15 万字的土改笔记。西积善笔记，连同近 10 万字的赤叶河笔记、南王村笔记，被统称为《乡间记事》。

从抗战胜利前后的减租减息、反奸清算到土改尾声的整党，阮章竟的《乡间记事》记录了广义土改的全过程，不仅可作为土改历史的支撑性材料，而且提供了不同于地方档案的革命者的经验视角。同时，通过它也能看到作家基层工作的深入是如何伴随着创作深入的，创作深入不单是民间形式、民间语言的运用，更指向对乡村社会现实的深入揭示与呈现。《赤叶河》等人民文艺作品只有放在深入工作机制和土改语境中才能被深刻把握。相较作品中相对明晰的社会构造、阶级关系，《乡间记事》的千头万绪无疑更能显示现实的复杂性，然而在变革现实、展现远景方面，前者行动文学的品格蕴含着笔记所不具备的巨大能量。将二者合而论之，更能看到一个由历史和美学构成的总体现实，彰显出作品隐匿的时代信息，总之，二者可为讨论文本内外的农村租佃问题、"人情"理性化、基层干部形象以及深入工作机制与人民文艺创作的关系提供一个切入口。

一、永佃制:《赤叶河》中的租佃关系

现代歌剧《赤叶河》与《白毛女》曾在解放区并称"一红一白"。《赤叶河》上演时恰逢土改全面开始，在当时影响很大。表面上看，《赤叶河》讲述的是常见的农民受地主压迫剥削，家破人亡，最后地主被清算、人民得解放的故事：佃农王大富交不起地租、还不上高利贷，地主吕承书趁机强奸了其儿媳燕燕，导致燕燕跳河自杀，王大富的儿子王禾子离家当兵。但与传奇性的《白毛女》不同，《赤叶河》没有大团圆的结尾，王禾子当的是"阎兵"，而不是像大春那样投奔八路军。更大的差异在于，《赤叶河》是问题导向而非故事导向，而这些问题正来自作者的乡村社会调查。"一九四七年土地改革运动深

入阶段……农村中发生了‘土地是怎么来的’的问题。”[①]“《赤叶河》也是当时土改深入阶段，地主阶级利用农民的忠厚，想出土地从何而来。”[②]“我在工作中，经常听到土地是怎样来的和社会财富是谁创造的问题。这使我想起‘王大富’在破屋中，对着夏天雷雨，向我讲了一个山沟的土地历史和他一家的悲惨遭遇；也使我想起我长期在农村中所见到的残酷的封建压迫。由于现实斗争的需要和太行农村剧团的工作需要，在党的鼓励下，我学习写作《赤叶河》。”[③]可知阮章竞创作《赤叶河》的初衷，是为了回答农民向地主斗争时不可避免会遇到的土地从何而来这一问题。不过《赤叶河》并未止步于是土地还是劳动创造财富的说理，也不是只反映普通的租佃关系，而是涉及传统中国农村一项重要的租佃制度——永佃制，赤叶河佃户与地主的斗争正是围绕这一制度展开的。

因此，土地历史及租佃关系变迁是《赤叶河》的主线。赤叶河这个只有几户人家的小山村原是荒山野岭，农民耕种的土地源于祖辈的垦荒。“赤叶河，赤叶河，赤叶河原是个荒山坡。从东到西二十里，黑格洞洞个大山鏊。”[④]后来三个外来移民来此开荒，等他们开出了地，“一个做官的城里来，说道这山是他的，不纳钱粮不叫开”。三人

① 阮章竞：《人民文艺丛书版〈赤叶河〉后记》，载《阮章竞文存·散文卷》（上），北京十月文艺出版社2022年版，第22页。

② 阮章竞：《我怎样学习写作》，载《阮章竞文存·散文卷》（上），北京十月文艺出版社2022年版，第66页。

③ 阮章竞：《人民文学版〈赤叶河〉后记》，载《阮章竞文存·散文卷》（上），北京十月文艺出版社2022年版，第159页。

④ 阮章竞：《赤叶河》，载《阮章竞文存·戏剧卷》，北京十月文艺出版社2022年版，第176页。《阮章竞文存》收入的《赤叶河》是1949年新华书店版。以下《赤叶河》引文皆出自《阮章竞文存·戏剧卷》，不再一一注释。另，除独立成段引用外，为行文方便，取消了原文的分行体式。

无法，只好花了三十两粮银与这个做官的——也就是地主吕承书的老爷爷——订下文约："言明许丢不许夺，两家情愿无异说。""许丢不许夺"说明是永佃契约，即佃户租种地主的土地，可以退租（"丢"），甚至可以转租他人，但地主不能辞佃（"夺"）。永佃制作为流传上千年的民间习惯法，其起源大体有三种情形：一是因高额押租银及其滋生的利息而获得永佃权；二是典卖土地时只典卖所有权，保留耕种权，也就是将自己变成有永佃权的承租人；三是垦荒而获得永佃权，将地主的荒地变成"生地"，"生地"再变成"熟地"，需要付出劳力及粪肥等投资，因而用土地增值换取租额较低的永佃契约遂成"乡例"，此种情况下，"许丢不许夺"是对垦荒者的补偿。[①]

"中国各地的荒地非常多，一般地主因为看见地价逐渐高涨，于是允许农民替他们开垦荒地；有时因为农民借了地主的债，无力偿还，遂将田底代偿，这两种情形，结果形成一种'共有田地'制度——耕者有田面，地主有田底，此外还有一种永佃制，就是一个佃农租了地主的土地耕种，地主不能任意改换佃户，佃农只要交纳地租有永久的耕种权，这两种制度的确是中国土地关系表现出来与其他国家土地关系不同的地方。"[②]这里所谓"共有田地"即"一田二主"，地主拥有田底权（所有权），承租人拥有田面权（使用权），地主可以出卖所有权，但"换东不换佃"；而且，在保障交租的前提下，承租人亦可转让田面权，形成一种所有权—使用权—经营权分离的地权结构。这种土地制度在民国其他地方的农村亦有存在，以费孝通调研过

① 参见赵冈《永佃制研究》，中国农业出版社2005年版，第16—24页。

② 星月:《中国土地问题与土地革命》,《布尔塞维克》第15期(1928年)。

的开弦弓村为例："田底占有者是持土地所有权的人。因为他支付土地税，所以他的名字将由政府登记。但他可能仅占有田底，不占有田面，也就是说他无权直接使用土地，进行耕种。这种人被称为不在地主。"[①]"不在地主"可将其田底权像股票一样交易，但并不影响佃户的田面权（拥有田面权的佃户被称为"小主"），这已成民间习惯法，"在那些久远的年代里通过垦荒取得的田面权、在长期使用中习惯形成的田面权，以及农民出卖田底而保留的田面权，与先辈的血汗和家族的血缘联系在一起，具有某种'公认'的'天然'的性质"[②]。

因此，赤叶河王大富等开荒农民的后代实际上是拥有田面权的"小主"。阮章竞工作笔记遵循当地的叫法，将此类性质的土地称为"顶地"或"镢头地"。现实中的荒山所在地是赤叶河附近的东盘坡，其所有者是吕承书的原型之一李元德。赤叶河工作笔记比作品更为详细地介绍了东盘坡的土地历史和租佃关系。"这座山最早的开辟是在一个老汉（六十多岁）的七八岁的时候，都原是斜坡石头，树木攻不进的荒坡。农民曾修好了地，水冲了，又修。无数年代的修，成了现在的东盘坡。"[③]"今天又听到古来东盘坡一个传说：这里原是无主的山，徐、王和李三个樵夫在这砍木烧炭。河底下路过一公人说此山的粮银无法，只要出粮银就把山给他。徐、王都胆小不敢要，姓李的说他愿出二两粮银要了此山。以后不知是否交过粮银，此山就成了李家

---

① 费孝通：《江村经济——中国农民的生活》，商务印书馆2001年版，第157页。

② 曹树基、刘诗古：《传统中国地权结构及其演变》，上海交通大学出版社2014年版，第24页。

③ 阮章竞：《〈乡间记事〉之一》，载《阮章竞文存·笔记卷》，北京十月文艺出版社2022年版，第143页。另，笔记卷文字未经打磨修饰，个别地方不合规范，本文对笔记卷引文不做改动。

的。徐、王的后代都成了小地主。”[1] 此处的“小地主”即是“小主”之意，这个称谓在工作笔记中经常出现。正常情况下，“小主”地租轻且固定，生活水平要超过普通佃农，王大富的原型王付虎之前就是富农。而王付虎等农民的日渐贫困化除自身因素外，最主要的原因就是地主出卖土地后，新主将永佃制改为了普通租佃关系。剧本中，吕承书威胁卖掉北坡，农民一开始并不担心，“他卖给谁也是咱们种”，这表明，“换东不换佃”的惯例本来可使农民免于担忧“一个将军一个令”。但当听说要卖给一个土匪头子时，农民们觉察到了危险：蛮霸的新主有可能不遵守“乡例”，因此农民们被迫用金丹、白面讨好吕承书。可见，正是习惯法日益失去约束力激化了赤叶河农民与地主的矛盾。

查民国时期民事习惯报告录，同属晋东南，距陵川不远的辽县（今左权县），其“物权习惯”下有“顶地”条：“客籍人民向本籍人民租地开垦，其每年租息以契约定之，谓之‘顶地’。自顶地之后，许客顶客，不许原业主收回。”另有“许顶许推不许赎”条：“人民对于山坡，另有一种习惯。如某甲有荒山一处，内多荆棘，不愿开，与某乙议定价钱若干，缔结顶约，由某乙烧山加工开成熟地，每年另交某甲钱若干，以便代完粮银，日后准某乙自由书立顶约或推约，将此山地移转于第三者耕种，而某甲则无取赎之权。直此地不生苗或无土质，以致耕作中断时，始归某甲管领，盖防顶地人加以工本，地甫成

① 阮章竞：《〈乡间记事〉之一》，载《阮章竞文存·笔记卷》，北京十月文艺出版社2022年版，第149—150页。

熟，业主有夺地不平之弊。”[1] 可见，开荒获得的永佃权内含了对劳动创造价值的肯定，因此是劳动还是土地创造财富，其实在中国农村并不是个新问题。减租减息时，地主拿这个问题质问农民，农民不懂劳动价值论，但却有辛苦劳作的切身经验。赵树理《地板》中的地主王老四威胁农民说：缴回地板，叫你们“到空中生产去”；而开明地主王老三则用他的荒地现身说法，证明粮食是劳力换的。王老三祖上有一片不毛之地，几家外来移民在此开出够一顷地，王老三每年收租六十石，可是抗战爆发后，外来移民被日军和土匪袭扰而逃散，失去经济来源的王老三被迫亲自种地，才知道劳动的艰辛。[2]

《赤叶河》上演后，晋冀鲁豫中央局宣传部曾组织过一次座谈会，与会者也主要是从劳动价值论和“土地还家”角度解读的。[3] 但结合工作笔记可知，这部剧的更大认识价值在于揭示了民间习惯法何以被地主破坏的深层原因。现实中的地主李元德将土地卖给了李怀璧（阮章竞笔记中此人有时又写作“李怀毕”，“怀璧”出自古语“匹夫无罪，怀璧其罪”，符合传统乡绅起名习惯，故本文全用“李怀璧”），后者强行将永佃制变更为普通租佃关系，地租因之陡然升高，东盘坡的农民与其打官司，最后却以失败告终。可以看到，“乡例”已不能有效约束地主。晚清民国以来，地主敢于破坏永佃制，根源就在于传统向现代转型过程中现代产权观念的影响。晚清民国的立法者，以德

① 前南京国民政府司法行政部编：《民事习惯调查报告录》，中国政法大学出版社2005年版，第121页。

② 参见赵树理《地板》，载董大中主编《赵树理全集》（第1卷），北岳文艺出版社2018年版，第219—220页。

③ 阮章竞：《〈乡间记事〉之二》，载《阮章竞文存·笔记卷》，北京十月文艺出版社2022年版，第186—192页。

国、日本法律为蓝本制定的民法，排斥“一田二主”，追求产权的明晰性、排他性。1911 年的《大清民律草案》和 1930 年的《中华民国土地法》都体现了这一逻辑。国民政府后来也试图调和习惯法，比如给撤佃设置了一些条件，但其总倾向是限制田面权，维护产权的不可分割性，在这样的思想指导下，田面主不可转租，而地价升高，地主却可以增租，而且找寻某种理由撤佃也容易获得法院支持。这无疑有利于地主，鼓励其追求田面与田底的合一，在传统习惯法依然盛行的农村，这样的现代法典无疑会增加租佃纠纷。而法院若不考虑民间习惯，永佃权人则会失去其权利，成为一个普通佃农，一个农村无产者。黄宗智论述了试图完成现代律法转型的民国立法者，如何以“现代”的名义伤及弱者：

> 民国时期，许多田底所有者借助国民党法典赋予他们相对田面主的扩展了的权利，寻求利用允许他们增租的条款，这是过去民间习惯所不允许的。例如1933年在顺义，刚刚买了五亩半地的吴尚义要提高旧佃户萧明礼的租额，萧说他家耕种此地已“百年”，他有永佃权，因而有权继续奉行原租额。可以料到：法庭判定原告有理，下令萧与吴商定新租率。萧不肯，法庭于是要萧把租地还给新主人。①

现代产权制度恰恰激化了佃农与地主的矛盾，在农村社会结构并未彻底

① 黄宗智:《法典、习俗与司法实践：清代与民国的比较》，上海书店出版社2007年版，第96页。

改造的情况下，现代物权法的嵌入只会有利于地主。吕承书威胁卖地，农民害怕，就是因为新主人可趁机夺佃增租；现实中，新主李怀璧把永佃制变为了普通租佃关系，这为习惯法所不许，却能得到法院支持。国民党代表地主阶级利益的指控于此可见，但与其说是国民党代表地主阶级利益，毋宁说是教条主义的现代观念不与中国社会结合而制造出新的维护强者、剥夺弱者的不平等现实构造加剧了农村的阶级斗争。即使当时的一些国民党官员，也注意到佃户在此过程中的劣势处境，主张业佃双方用“善良习惯以为依据，适当法律以资遵循”[①]。

早期共产党人敏锐地发现了这一趋势产生的不公。1927 年的《中国共产党土地问题党纲草案》指出：“中国永佃权的存在以及‘共有田地’的制度，很明显的证明中国农村之中并非资产阶级式的私有制度占优势。直到最近，地主方才开始用全力夺取那种‘共有田地’的所有权，要想使旧式的‘共有田地’，变成完全地主所有的田地。”“地主竭力在设法使永佃权变成定期的租佃制度，而且力求其为短期的租佃。”“地主要想变更旧式的亚洲式的土地所有制度，使成为比较现代式的资产阶级的私有制度。然而农民的倾向，却是要使地主的土地，变成农民所有。”[②]陶希圣主编的《食货》杂志也认为，民国以来对农民有永佃权的官田进行“强制买卖”，“根本上是违反中国历史上所固有的土地公有性的特质”。[③]因此，减租减息时期，中共根据地关于永佃问题的土地法令与国民党物权法有很大不同，充分考虑到了习惯法。1941 年，中共中央通过的根据地土地政策，规定永佃制

① 诸青来:《土地分配问题》,《东方杂志》第28卷第3号（1931年）。

② 《中国共产党土地问题党纲草案》,《布尔塞维克》第6期（1927年）。

③ 刘兴唐:《中国社会发展形式之探险》,《食货》第2卷第9期（1935年）。

下土地可以典卖，但不能撤佃[1]；1943年修订后的《晋冀鲁豫边区土地使用暂行条例》进一步规定出租人典卖佃农有永佃权的土地，新主不得另租他人或收回自种[2]。这些措施都是为了维护佃权，遏制地主变更租佃关系之趋势的。

1943年，八路军解放了赤叶河一带，因为李怀璧做了汉奸，其土地被收归公有，但却默认了李怀璧变更后的租佃关系，原佃户需继续向政府交租。阮章竞经调查发现，认为这样的处置方式不适当："我现更想到本区的执行政策处理问题是不对的，如盘铺的土地当汉奸土地没收，就有问题了。这座山原是顶地，有押（引者注：应作'压'）租金的。李云生（引者注：应作'元德'）出卖该地产时，并未退回押（引者注：应作'压'）租金，因而农民曾和他打官司好几年。新地主又把土地当（普通）租佃关系收租，这就说明农民已受双重的剥削，新地主当了汉奸，政府没收了土地，由公家收租，但原来的押（引者注：应作'压'）金问题并未解决，我觉得这处理是错误的，这土地和汉奸当时的租佃关系，并不是自愿的，是在压迫底下的，政府现当汉奸土地处理就是把顶地这个非法问题，置于不顾，忘了根本。这件土地问题我认为应无条件把土地交回给农民（所有权），押金要退回。"[3]这样的处置方案显然更切合实情。正是因为深入调查，

---

① 《中共中央关于抗日根据地土地政策的决定》，载《抗日民主根据地的土地政策与法令》，华北新华书店1943年版，第5—6页。

② 《晋冀鲁豫边区土地使用暂行条例》（1943年9月修正），载晋冀鲁豫边区财政经济史编辑组，山西、河北、山东、河南省档案馆《抗日战争时期晋冀鲁豫边区财政经济史资料选编》（第二辑），中国财政经济出版社1990年版，第572页。

③ 阮章竞：《〈乡间记事〉之一》，载《阮章竞文存·笔记卷》，北京十月文艺出版社2022年版，第136页。

弄清了东盘坡土地的来龙去脉，才让阮章竞看到农村土地关系的复杂性，在依据土地法令办事的同时，结合租佃关系的历史与现状，修正不合理做法。因而，工作深入带来的认识深入，必将影响《赤叶河》等作品的创作，在作品中回应农民的现实关切。而没有类似基层工作经历的作家，是不可能创作出深刻反映租佃问题的作品的。

二、人情与等级

《赤叶河》不仅揭示了习惯法被破坏后，农村阶级矛盾的加剧，同时呈现了乡村“人情”的理性化。《赤叶河》等作品中的“人情”有其特定含义，并不是指人与人之间真心交往而获得的“心相通情相连”般的情谊，而是指向“人情客礼”“处家人情，非钱不行”意义上的人际交往，也即传统熟人社会中的社会关系，带有民间风俗的性质。阮章竞的乡村工作笔记及相关创作显示，所谓“人情社会”之“人情”无不与等级、金钱相挂钩；对农民来说，“人情”早已是地主剥夺农民的借口，成为亟待打碎的沉重枷锁。

“人情”一词在《赤叶河》中出现的频率颇高，农民也曾寄希望于“人情”：

小　三　秋贵悄悄的告俺爹说，吕大先生正为修祠堂，钱不够用心烦，所以要卖山。如果咱们给他化点布施，买下人情，也许不卖。

王大富　（得救似的）哦，大家给他化上布施。就不卖了吧？

小　三　是的。俺爹叫我来告你，还告二全他爷爷，赶快弄钱去蒿庄买金丹，留大先生住一宵，好好地求求他。

王大富原想出一块钱“买下人情”，但被地主的管家秋贵拒绝：“瞧你这人，全不讲人情！吕家盖祠堂，办好事，你是吕家的庄户，化一块钱？”秋贵要求出十块钱，因为十块钱“人情不厚也不薄”，但王大富拿不起，秋贵给他垫付了五块钱，而这五块钱后来成了高利贷。

《赤叶河》写“人情”与等级相连主要体现于吕家祠堂落成后为收贺礼而举办的筵席上。正如吕承书所说：“山有高低水有深浅，人情厚薄要有分辨。贵贱不能一样看，含糊接待失体面！”筵席的接待方式和位置安排揭示了“人情”与“势利”的一体两面。

首先来的是赵亲家，秋贵接待：“赵亲家老爷来贺喜，五两银子一封礼，门当户对头等人，招呼在堂屋吃酒席！”堂屋是“十六碟八碗”。然后是村长高山大来贺礼：“南坡山大一封礼，三块现洋来贺喜，有来有往老交情，应该请到东房里！”东房是“八盘八碗”。第三个上场的是蔡姓佃农。“蔡家佃户来贺喜，一块现洋顶份礼，说厚不厚薄不薄，实在叫人难处理。……一块钱？死抠掐的老庄户，唉！（向使唤人）马马虎虎把那个老蔡，请到北院，捞饭菜汤管饱！”秋贵拿到第四封贺礼，“咧嘴蹙眉”：“他娘的！西坡穷鬼张老头，不识高低来出丑，送来他娘的五毛钱，拿起叫人心想呕！”让长工“把西坡那个穷鬼张老头，引到马棚院坐坐”，长工问是否招呼吃饭，秋贵回答：“五毛钱就招呼吃饭？吕家今天是祠堂开光，不是舍粥！舀碗白开水给他！”接下来是王大富来贺礼：

秋　贵　（拿起一封礼，立即眉眼舒展）哦，这是北坡王大富的：北坡大富懂礼法，五块现洋礼封大，（吕承书出）大先生你来看一看，全凭那会我吓唬他！（表功地）大先生，你看，王大富五块呢！

吕承书　（装得神色不动）多者，人情厚，少了也不在乎。

王大富的待遇是，“引到西房，四个盘，八个碗”。而村长高山大三块现洋，却是东房，“八盘八碗”，王大富的“人情”更厚，但得到的招待却降了几格。可见，“人情”厚薄体现于“钱”，亦体现于“势”（施与者的社会地位）。这也可从赵树理的《邪不压正》中地主刘锡元给中农王聚财家的聘礼看出，表面是“人情”，内里全是算计。

传统乡村以己为中心的“差序格局”所形成的社会关系网络，其大小端在于圈子中心人物的经济水平和社会地位，人们根据人情交往维系着某种关系，尽管这一差序格局看似覆盖着一层基于血缘、地缘关系的温情面纱，但现实运作中处处体现着理性人逻辑。《儒林外史》中“五河的风俗”显示，宗法社会中儒家原理、道德名望这些“文化资本”乏人问津，而盐商和官僚结为一体成为新贵，儒家意识形态赖以维系的“礼”尽管名义上依然是应当遵循的社会法则，但在现实生活中已遭遇形式化的危机，五河县上流社会的人际交往以盐商、权贵为中心，充满了利益考量。同样，当秋贵夸赞王大富“懂礼法”时，吕承书关心的并不是王大富这个人本身，而是“礼法”的等级性带来的现实收益。

解放区文艺很少表现农民与地主的日常人情交往，阮章竞的作品在这方面有所触及，它让我们看到，作为“人情”的物质体现的

“礼”已沦为了地主敛财的手段，比如《赤叶河》中确立租佃关系的画字礼：“从前开一坡种党参，纳了粮银还不算，写好文书还得加五块画十字钱。”陵川县北部黎城县的“画字礼”可作参照：“人民买卖产业，迨其契约成立之后，买主令卖主老人合其家长到场，于契约上画押，而买主酌给洋三元或五元，俗名‘画字礼’。”[①]“礼”本是古代祭祀活动中的仪轨，后在“尊尊”时代与等级制相联系，成为一套区别尊卑贵贱的行为准则。帝国时代“寓封建于郡县”，理想状态下，“礼”可以作为一种规范力量在基层自治中发挥作用。但晚清之后，随着乡村社会治理的内卷化，“人情”越来越空洞，演化为名目繁多的“规矩”，其维护等级制的功能越发明显。“礼”不再是个体间表达感恩、祝福或家庭间增进感情的一种交往方式，不再是让共同体充满温情的手段。在理性化现实下，“尽人情”之“礼”已成了王大富仅次于租子的沉重负担。“尽人情”之“尽”字显出并非一定出于本心的义务性，可以说，这样的“人情”，毫无人情味可言，且固化着社会的等级与区隔。

而且，在赤叶河，“人情”“礼法”只是让王大富这样的“下等人”遵守的，竭力维护它们的人却是选择性遵守的。赤叶河笔记有地主李元德父子不认穷亲戚的记载：

> 群众追问他为什么要把佃户的姑娘作媳妇，却贴十块钱？为什么和人家作亲戚却不承认。……杨喜忠的发言也很生动有力，

① 前南京国民政府司法行政部编：《民事习惯调查报告录》，中国政法大学出版社2005年版，第128页。

> 本来谁发言都要报名，因为要记录。他先不说，先问六孩（地主的儿子）认得他不？六孩说不。“我知道你不认识我。”就谈他的姑，如何为李元德要去当媳妇，却不承认是亲戚。他到李家时受到的冷淡，和李元德出卖盘坡时就没有亲戚了。六孩到东盘坡拜年，称丈父母作叔婶，剥削是认钱不认人的。[①]

王付虎像《暴风骤雨》中的老田头一样，背负着沉重精神枷锁揭发李承书：“付虎老汉的发言，很平淡，仍是和过去一样的沉郁。当谈到他的侄儿为什么出走，侄媳为李奸淫的地方不说了，蹲下来，双手抱头不说：‘我不能说。’”[②]现实中的地主李承书——吕承书的另一个原型——更让村民愤恨，他将佃户当作附属物，违背人情伦理，玷污王付虎的侄媳，逼走其侄子。《赤叶河》中燕燕的遭遇并非作者杜撰，而是以真实事件为原型的。

然而阮章竞笔下的地主并不像黄世仁那样完全悖离民间伦理，相反，这些地主甚至会利用“人情”与革命观念的冲突，给村干部设套。叙事诗《圈套》中的地主杨道怀深谙此道，给村农会主席李万开设了三个圈套。第一个圈套是利用李万开家贫而其母又贪财的弱点行贿，李万开拒收，但他娘不愿意：

> 万开娘，看见布，看见面，眉开眼笑合不来，扭回头来骂孩

---

① 阮章竞：《〈乡间记事〉之一》，载《阮章竞文存·笔记卷》，北京十月文艺出版社2022年版，第162页。

② 阮章竞：《〈乡间记事〉之一》，载《阮章竞文存·笔记卷》，北京十月文艺出版社2022年版，第157页。

孩：“万开你还像人话，不招呼大叔叫走开？”

万开娘，掉断线，摔了针：“积谷防饥儿养老，我养孩儿不成材！屁屁尿尿经务大，三十年了你待过我啥？”拿起破袄朝儿打，捂着嘴脸哭起来！[1]

万开娘诉诸养儿防老等传统观念，李万开最终没能抵御住母亲的哭诉。固然，李万开革命意志不够坚定，但在社会意识未加改造的乡村，以亲情孝道名义行贿，确实容易在村干部中打开“缺口”，拉其下水。第二个圈套则是唆使李万开违反民间习俗，以此挑拨干群关系。地主利用八路军“男女平等”的政策，鼓动李万开正月十五让妇女去跳花灯，而此举在思想尚未开通的新解放区农民那里引起轩然大波。落后老农说：“这不是造反是干啥？树不剪顶通（引者注：应作‘捅’）透天，难道这世道没王法？”年轻媳妇骂道：“头上长疮脚流脓，万开这小子真坏透！”第三个圈套是撮合李万开和寡妇金女，然后挑选时机去捉奸，以使李万开不见容于乡村伦理。可以说，这些“人情”、习俗均与革命理念相扞格。

面对部分地主变着花样不想减租，借口收回土地自耕威胁佃农，佃农也担心地主撤佃不敢要求减租的现实，1942年《解放日报》一篇呼吁“保障佃权”的社论，寄希望于地主在减租减息中顾及“人情”，照顾到佃农的生活：“有些人，甚至不顾人情，任意胡为：如像去年绥德某地有家佃户，地租按四六交，而竟被抽回土地，并在腊月

① 阮章竞：《圈套》，载《阮章竞文存·诗歌卷》（上），北京十月文艺出版社2022年版，第51—52、53页。原文分行，此处做了合并。

二十六日把佃户赶出窑外，逼得佃户痛哭流涕，无家可归。”社论认为“保障佃权”应像保护地权一样，要做到合情合法。“就情而论，边区过去的租佃关系，契约虽不定期，但在实际上是比较长期的、固定的。绥米一带有几十年甚至几百年的佃户，就是明证。这些佃户，虽然在法律上并未享有永佃权，但在传统习惯和人情上，地主不能不照顾到佃户生活，而任意抽回土地的。”[①] 然而实际上，“传统习惯”和“人情”已起不到保障佃权的作用了。

由上可知，当“人情”等说法用于观照传统乡土社会时，或许应注意到其发展、变异的动态历史过程，此时政治经济学视野尤为重要。革命深入农村，势必会与乡村以往自我运行的价值系统相冲突。这套价值系统中的某些部分或许可与革命理念相衔接，但也不应忽视其总体上与支配意识形态的关联。在地主阶级占据文化优势的传统乡村社会，“人情”也在板结着等级制现实。这些社会意识也需要转化、更新和超越。

三、基层干部问题

除了土地问题，阮章竞还谈到《赤叶河》的另一个主题：“构思到第四部，又发生了一个副题目，党群关系，干部作风问题。这是我在农村工作时常所碰到的。干部的立场模糊与忘本思想，因而使地主有空可钻，因而有些群众未能彻底地翻了身。因此，我考虑到在回答

① 《保障佃权是贯彻减租交租的关键》，《解放日报》1942年12月28日第1版。

现实问题时，这情形同时应得到批判。所以才有了这个副题目。”[①]《圈套》根据武陟县农村真实事件改编而成：“新区处在打倒蒋家王朝的最前线，此诗是为要求村干部提高警惕而写的，真实的情况，比《圈套》严重得多。”“用了很短的时间，写出这几百行诗，且做到不识字的农村妇女、老人都能听懂，我认为是达到了为斗争服务，又有一定艺术感染力的尝试。故一发表，立刻和《天水岭（群众）翻身记》，合印成书，以供斗争使用。”[②]未来得及排演的秧歌剧《南王翻身谣》同样涉及村干部作风、工作员工作方式、干群关系等问题。工作笔记中对部分基层干部的官僚主义、过火蛮干、腐化堕落也有较多呈现。赤叶河工作、南王村工作均在1946年“五四指示”之前，两地工作笔记中的干部问题，在1947年的土地会议中也曾着重指出，但“五四指示”之后的主调是放手发动群众，反对右倾，不打击积极分子和村干部的积极性。[③]因而表现村干部被地主腐蚀的《圈套》在“老区土改中期”曾被宣判过一次“死刑”。[④]1948年年初，土改进入整党阶段，西积善笔记对此有完整记录。当然，工作笔记亦有对干部看法的转变，工作深入伴随着对干部认识的深入。

阮章竞乡村工作笔记及相关创作中的农村干部问题主要表现在两

① 阮章竞：《人民文艺丛书版〈赤叶河〉后记》，载《阮章竞文存·散文卷》（上），北京十月文艺出版社2022年版，第26页。

② 阮章竞：《边读顺写下的参考意见》，载《阮章竞文存·书信·札记卷》，北京十月文艺出版社2022年版，第50页。

③ 太行根据地此时期的土地政策，参见《区党委执行“中央关于土地问题指示”的指示》（一九四六年六月六日），载太行革命根据地史总编委会《土地问题》，山西人民出版社1987年版，第290—294页；《区党委对中央关于土地问题指示座谈会纪要》，载太行革命根据地史总编委会《土地问题》，山西人民出版社1987年版，第295—302页。

④ 参见阮章竞《漫忆咿呀学语时》，载《阮章竞文存·散文卷》（上），北京十月文艺出版社2022年版，第318页。

方面：一是官僚主义、行政命令等工作作风；二是腐化堕落，俨然新的“坏经纪”（主要见于西积善笔记和1964年的洪洞南段村“四清”笔记）。总之，不论是笔记还是作品都有助于理解土改时期农村的社会生态。

最先创作的《南王翻身谣》，其焦点与其说是三斗地主谷青选，毋宁说是区乡干部的工作作风，最后斗争的胜利也是因为干部转变了工作方式。南王村位于国共拉锯的“边地”，农民怕“变天”，地主造谣、打黑枪，此时乡村干部启发农民觉悟进而将其组织起来就尤为重要。南王村的干部谷青和虽然也强调“先要把理性说透”，但面对农民厌倦开会，甚至出去躲会的情况，还是不得不诉诸强迫命令：谁不参会就“罚油三斤”。特别是性格暴躁的积极分子威胁说，谁也不能出门，不听命令就是犯法，要枪毙，回来也要批斗。

谷青和 没人敢哼，咋办？

郭大才 以后不给他办！

谷青和 咱们是跟大家办事的，不办还行？

郭大才 （粗率地）那他就得来！

（台后锣声，喊声：“今儿个谁不来，开会就要斗争谁！”）[①]

这里其实也可以看出基层干部的困境，将农民动员起来，需要启发觉

① 阮章竞：《南王翻身谣——南王村斗争纪实》，载《阮章竞文存·戏剧卷》，北京十月文艺出版社2022年版，第123页。

悟，可能村干部工作方式简单粗暴，农民不敢说理。南王村最后的翻身，是在专署庞秘书到来后，采取当时通行的诉苦串联并组织新农会的方式才得以实现的，庞秘书不仅带来新的动员方式，也带来足以让农民信服的党的支持。《圈套》中的农会主席李万开，虽本质不坏，但面对地主的怂恿、破坏，缺乏应有的判断力，从而导致地主分子篡权，组织了假农会[①]。

而完成相对较晚的《赤叶河》，其副主题的设置与响应中央土地会议警惕区乡干部成为新贵，要求搬掉阻碍土改的“红石头”有关。“这次整顿，主要是整顿本地干部，因为他们是本地人，与当地的豪绅地主有千丝万缕的联系，容易被拉下水。”“我的《赤叶河》就写于此时。”[②]《赤叶河》中的村长高山大，即使到了反奸清算的1945年，仍和吕承书有扯不清的关系，但在下乡工作员决定斗争吕承书后，他又成了积极分子。高山大的态度或许与赤叶河地区抗战后的历史有关。抗战之前此地是阎锡山的编村，抗战爆发后，1938年至1939年年底为中共所控制，1939年年底“十二月政变”后国民党军队占据此地，直到1943年日军侵犯才退出，但很快八路军又赶走了日军，重新控制了这一带。在这多方势力拉锯之地，前一时期的村政权会遭到后一时期村政权的报复，此地虽未建立“两面政权”，但高山大似乎与地主建立了攻守同盟。当国民党军队占领赤叶河时，之前的村干部或被杀，或背井离乡，高山大虽也因“干下牺盟惹下祸”，受国民

---

① 地主篡夺农会权力，成立假农会，吊打农会主席，皆依真实事件改写，参见阮章竞《〈乡间记事〉之笔记五则》（1946年3月起）中的《怎样送积极分子下水》，未刊稿，阮章竞女儿阮援朝女士提供。

② 阮章竞：《异乡岁月》，载《阮章竞文存·回忆录卷》，北京十月文艺出版社2022年版，第623页。

党农会干事李金元、吕元德欺负，但总体来说未受太大影响，这极可能与高山大跟地主吕承书是“老交情”而得到其保护有关；中共重新控制此地后，高山大首先清算了欺负他的李金元、吕元德，但日伪时期当了保长的吕承书却安然无恙，不仅安然无恙，高山大与公安员还拒绝讨论其作为，认为吕承书“废债停租开了明”，是“开明进步好榜样”，打算作为“好模范”上报区里，吕承书盖祠堂他还送去三块现洋的厚礼。减租减息时期虽强调团结地主，但也不能说高山大包庇地主不是为了偿还人情、为“国军”或阎军可能的反扑预留后路。这样的“理性人”干部，如何真心接受革命理念，为老百姓服务，一直是困扰中共的难题，这也导致土改后期对农村干部的“消极估计”。

下乡工作打破了早先对基层干部的抽象认知。越是深入工作，越是能体察中国革命的现实条件，了解革命建立在什么样的地基之上以及如何利用现有条件进行创造性转化。阮章竞赤叶河工作期间参加了县农村工作会议，这次会议让阮章竞重新认识了区乡干部：

> 二区的工作报告，也暴露出二区的领导有些毛病，特别是关于左（引者注：应作“古”）郊的群众对村干部不满，为K特（引者注：国民党特务）利用，结果形成了一场大混战。这个材料在领导上很值得注意，显出我们区干部处理问题的无能，立场的糊涂与动摇。到底这是群众对村长的不满，斗争村长，还是如区干部说的，是反特务的问题呢？我们干部作风上的不能走群众路线，用镇压的方法来扣人，而且扣的也是几个是过去曾为反恶霸反特务

斗争中的积极分子。[①]

> 四区的工作，也说明了干部情况的问题。一个干部在斗争中是积极分子，而提升了区干部，但严重的腐化堕落。这也就说明了我们过去对干部的固定的看法，一是好就是好的，捧之上天，一是坏的就打入地狱。这就是一个捧之上天的例子。现在摔下来了，就收拾麻烦了。[②]

阮章竞因而意识到，“干部是要发扬优点，但放松弱点的批评是不对的。不能从全局的了解，只凭感觉，一定不能认识干部”[③]。要从全局了解干部，不能仅凭主观感觉下判断，但一回到赤叶河，他有时还是难免“沉不住气”，在某些事上抱怨村干部。“我一听到封建剥削的厉害，压迫农民喘不出气，就想在斗争上彻底地打击他的罪恶。”[④]在处理贫农里保被其族长强买房地一事上，阮章竞认为这是阶级压迫，应严肃处理，而村干部却认为是“买卖关系”。此事让阮章竞很生气：

> 这些所谓政变前的老干部，对基本群众的痛苦是官僚主义的态度。现在老干部都是区干部了，看前看后，工作的做法可想而

---

① 阮章竞:《〈乡间记事〉之一》，载《阮章竞文存·笔记卷》，北京十月文艺出版社2022年版，第93页。

② 阮章竞:《〈乡间记事〉之一》，载《阮章竞文存·笔记卷》，北京十月文艺出版社2022年版，第94页。

③ 阮章竞:《〈乡间记事〉之一》，载《阮章竞文存·笔记卷》，北京十月文艺出版社2022年版，第94页。

④ 阮章竞:《〈乡间记事〉之一》，载《阮章竞文存·笔记卷》，北京十月文艺出版社2022年版，第137页。

知。这村的减租的行政包办就是他们造成的。老干部、工农干部，也有两种。这些借着工农的招牌(过去的中农成分)，自己一翻身，就忘了群众的，行政命令、包办代替的脱离群众有时甚于知识分子。过去常听到人无条件地看待他们，岂不是错了么？这些干部如不严格的改造，歌颂是解决不了问题而且会造成恶果。现在这里的群众对他们都是怀疑的态度"干部说的，那谁敢说不对"。[①]

下乡干部与农村干部在革命信念、政策理解等方面的确存在差异。[②]如果这尚可归因于阮章竞感情用事，没有体贴基层干部的处境，没考虑到这些老干部仍身处宗法社会，那么阮章竞对个别村干部与地富关系的批评，则就不是工作粗疏，而是一个革命者原则性的体现了。西盘坡村副常年住在一个反动富农家里：

村副，住在西盘坡的一富农家里，整年在那里。他是个独身汉，和富农的大老婆是"相好"。这个富农曾是赤叶(河)特务反攻、暴动的一位人物，是过去这里的统治者，而是(引者注："是"为衍文)我们的村副住在那里，这里的情形，是不大好的。群众是有口难言，不敢说话。……宋文孝等四人带我到这富农家里去找村副，在那里坐了一会儿。雨正密密地下来。我还不知道这就是那个富农的家，他们在西盘坡有点公事，我便和喜保先到东盘

---

① 阮章竞：《〈乡间记事〉之一》，载《阮章竞文存·笔记卷》，北京十月文艺出版社2022年版，第138页。

② 参见程凯《"深入生活"的难题——以〈徐光耀日记〉为中心的考察》，《中国现代文学研究丛刊》2020年第2期。

坡来。我问他这家是谁的，他告诉我。我想到这是十分不自然的事情，为什么我们一来就都到这个人的家里去呢？我真有点生气，没有别的地方可以停一下？这对群众的影响是不好，人家会觉得我们干部一来就到异己分子家里去，对我们会怀疑的。特别是在发动群众的现在。我向他们提出我的看法，如果村副在那里我们就像住他家一样的到那里，那就是十分错误的。有公事，叫他出来。这就是官僚主义，必是对的。实在闷了一肚子气。[①]

而到了东盘坡，又发现高家庄村长陈锁金工作汇报弄虚作假：“这里群众发动的情况和工作汇报有很大的距离。陈锁金的工作，是创作不是事实的。……实在使听的人打盹起来，我真佩服陈锁金工作汇报时的创造。”[②]将“创作”和“事实”对举值得注意，这提示，基层干部的工作汇报含有“创作”成分，若不亲自调查研究可能无法了解真实情况。陈锁金是赤叶河笔记中最为负面的干部，油滑，蛮干。东盘坡的村副杨希重，“是个雇工，独身汉，流氓，在村中的恶霸事很多。由一个青年四孩和我说出了他的受压迫外，还有一个独身汉王金孩，从谈他的受人剥削，谈到村副对他的压迫。移民老郭谈村副的借公粮和公家的东西去做生意，使得村里的人都不敢说话”[③]。土改整党时西积善的小虎子，民愤更大，“在群众的诉苦中，简直是这村现下

① 阮章竞：《〈乡间记事〉之一》，载《阮章竞文存·笔记卷》，北京十月文艺出版社2022年版，第141页。

② 阮章竞：《〈乡间记事〉之一》，载《阮章竞文存·笔记卷》，北京十月文艺出版社2022年版，第141—142页。

③ 阮章竞：《〈乡间记事〉之一》，载《阮章竞文存·笔记卷》，北京十月文艺出版社2022年版，第142页。

孤儿寡妇之多，小虎子是个制造的人”[①]。其问题主要集中在欺压百姓、乱打乱杀、“追三代”和扩兵等上。[②]

如何看待基层干部？新解放区基层干部并非一团漆黑，阮章竞当然清楚这一点。[③]基层干部也有一个成长、历练的过程，尤其是新解放区干部，更应看到其潜能和优点。斗争地主李元德时，阮章竞在村干部特别是其着意培养的宋文孝身上发现了某种潜质：“宋文孝虽然领导群众斗争多时，都是凭热情苦干的，不研究政策，不研究思想领导。他唯一的特点就是‘干’字。他的积极联系群众值得学习，但文化水平太低（不识字），缺乏这一面的能力。”“我佩服他们的斗争性，也佩服文孝的办法。可是我总是在怀疑有什么地方是漏洞。”[④]尽管还有担忧，但热情苦干、积极斗争、联系群众正是一个革命干部必不可少的品质，对阮章竞来说，这也是一个双向学习的过程。

关键是，不管是“专员”还是工作队，在农村的工作都是暂时

---

① 阮章竞：《〈乡间记事〉之三》，载《阮章竞文存·笔记卷》，北京十月文艺出版社2022年版，第259页。

② 这是西积善土改整党时的情况。1964年，阮章竞参加了洪洞县南段村的“四清”运动。阮章竞“四清”笔记完整记录了南段村的整党，同样显示了基层干部问题的严峻性。阮章竞“四清”笔记为理解20世纪60年代前期农村形势提供了一个可作参考的实例。当时的《夺印》《分水岭》等电影的确在走向激进化，但或许也反映了农村现实的某个侧面。参见阮章竞《“四清”笔记》（1964—1965年），未刊稿，阮章竞女儿阮援朝女士提供。其实阮章竞1963年也曾创作过一个反映农村阶级斗争和夺权的剧本《红松山》（未发表，收入《阮章竞文存·戏剧卷》）。

③ 阮章竞1948年曾谈到整党主题的作品不应夸大党员干部的消极和黑暗面，要有整体视野：“解放区农村史无前例的伟大变革，是谁领导的，从何而来的？”参见阮章竞《群众文艺创作上的几个问题》，载中国作家协会山西分会编《山西革命根据地文艺资料》（上），北岳文艺出版社1987年版，第343页。

④ 阮章竞：《〈乡间记事〉之一》，载《阮章竞文存·笔记卷》，北京十月文艺出版社2022年版，第153页。

的，早晚会离开，烦琐的基层工作还是得靠村干部来承担。“留在赤叶（河）心情是那么的起伏，这已经是思归的情怀。虽然工作是天天的有效果，但由于战争形势的变化，在此好像坐井观天，总想回去了。但又想到农民问题并未解决，回去就不会再来了。农民也渴望自己和他们解决问题。我意是发现了问题，干部还是可以为他们解决。只要打通他们的思想，为群众服务，不致不干的吧？”[①] 怀着对基层干部的信心，1945 年 8 月 16 日，日本投降第二天，作者离开了赤叶河。

四、工作与创作

阮章竞此前没有农村工作经验，初到赤叶河，工作并不顺利。刚来到乡下，特别依赖赤叶河干部宋文孝，以至于 6 月 11 日至 14 日宋文孝在县里开会不在村里，农民们又忙于下地干活时，调查工作迟迟不能展开。阮章竞住在村长王万洪家里，与其同吃同住同劳动，但与村干部“三同”并不意味着能了解到真实情况。阮章竞询问减租减息情况，村长极力说明工作做得很好，没有问题了，这些回答显然是在自我维护，阮章竞很快意识到这样的访谈很难获得新东西。

> 从今天的无计划系统的闲谈中，我感到工作的深入还是一个很大的问题。我来了这区后，不管在哪里均一种印象一种思想，

① 阮章竞：《〈乡间记事〉之一》，载《阮章竞文存 · 笔记卷》，北京十月文艺出版社 2022 年版，第 170 页。

就是我们这里没有什么租息问题了，有也都减过了。不管是区干部也罢，村干部就更不用说了。这是一个极严重的问题，你如果觉得这就信，就可以得出这样的结论，群众是没有什么问题了，就是起不来，工作何其漂浮呵！[①]

被动局面的扭转有赖于参加县农村会议。6月16日至7月5日，阮章竞在陵川县旁听了20天的会，听取各区工作汇报，这次听会让阮章竞对陵川各区农村减租减息情况有了基本了解。他将开会当作一个没有经验的人进预备学校，借此了解县、区、村的情况。“特别是在讨论问题中，对自己的机器好像开动了一步。因而自己的情绪也就逐渐愉快而深入思想。为了二区的干部思想问题，我第一次作一个发言，得到些反响。”[②] 深入工作需要参加或旁听当地的会议，这是短时间、多方面获取各种信息的重要渠道，这一点后来被阮章竞总结为基层工作的重要经验。[③] 更重要的是，通过听会，阮章竞逐渐认识到只

① 阮章竞：《〈乡间记事〉之一》，载《阮章竞文存·笔记卷》，北京十月文艺出版社2022年版，第87页。

② 阮章竞：《〈乡间记事〉之一》，载《阮章竞文存·笔记卷》，北京十月文艺出版社2022年版，第95页。

③ “深入一个农村或一个工厂是十分必要的，但光这样还不够。一个作品，它不能只表现一个地方的情况，这样就不能代表一般，就没有典型性。要有其他的地方，较更大范围地去了解情况，才不会狭隘。因此，我常常参加县里、区里的各种会议。……我是采用深入一点，和吸取更大的方面来充实自己。”即利用会议，获取信息，开阔眼界，从而上下贯通，点面结合，参见阮章竞《我怎样学习写作》，载《阮章竞文存·散文卷》（上），北京十月文艺出版社2022年版，第63页。程凯在分析徐光耀1953年的“深入生活”经历时，也注意到下乡工作者扎根基层同时通过听报告、听传达获取最新“动向”的必要性，“‘深入’的过程中不断上来‘充电’也就成了下乡工作者必要完成的功课”。这应是具有普遍性的经验，参见程凯《“深入生活”的难题——以〈徐光耀日记〉为中心的考察》，《中国现代文学研究丛刊》2020年第2期。

有接近群众才能发现问题：

> 很给自己的一个教训，就是不能光听一面的话，要深入全面的了解情况。……人家一面在报告，我就在想我不能单靠干部来帮我工作，我要设法去接近群众才能发现与了解问题。只在少数干部先进者的小圈子里是危险的。我在整风中对领导的感觉与意见也在于此。我认为积极分子是会变的，不变的观点那是会出毛病的。我过去也很容易听些认为积极分子的意见，就不能去了解群众，因此了解好多问题是带片面性的。[1]

除了工作方法，还有卫生习惯。阮章竞肯定知道下乡工作一定要过卫生条件这一关，如此才能取得农民信任，但真要身体力行却并非易事，阮章竞在东盘坡王付虎家调查租佃问题时的遭遇颇有代表性：

> 一会这个老头儿背了一捆青草回来："哦，我怎么没看见你上来？你没看见路边的青草吗？我就在那里……"我吸了一袋烟，他说："我以为你不吸烟袋，你自己弄了一个啦，你不用别人的。"我有点惭愧，因为他那天叫我用他的烟袋我没用。他是很客气的，大概仍不十分相信我们。……他要招待我吃中饭，到楼上取了一些面，叫他的儿媳妇弄点汤（就是那个三十余的女人）。当他这样的举动时，我心里又想这实在过不下意。我是来做工作的，他把

---

① 阮章竞：《〈乡间记事〉之一》，载《阮章竞文存·笔记卷》，北京十月文艺出版社2022年版，第94—95页。

我当客人。我说（到他的厨房），你们大家吃甚我吃甚。他说不光你吃，我也吃呀！我也无法了。[1]

《李有才板话》中的"老杨式工作方法"，不是公事公办的工作关系，而是打破界限，"打成一片"，其实对于阮章竞来说，不论是在兵工厂，还是在农村，这都是他一直在践行的。即便如此，如何放下"卫生现代性"观念，接受农民的交流方式，依然是极大的考验。不用农民的烟袋，在王付虎老汉看来，可能意味着距离感。午休时候，阮章竞找王付虎的二儿子谈话，二儿子邀请他炕上坐，但二儿子是个病人，正生疥："叫我到他的炕上坐，我嫌他是个病人，又是长了疥，心里很有点腻歪。他一道就道破了，你怕炕上有虱子。我还不好意思，只好解释不是，我也是不实事求是了。"[2] 化解尴尬局面的是王付虎的小儿子，阮章竞和他很谈得来，小儿子邀请他上炕，阮章竞没有拒绝。"外面还刮风下雨，我在里面教他们唱毛主席，谈开，更热了。"[3] 跟小儿子的谈话，阮章竞除了摸清了租佃关系，还了解到家庭不睦，《赤叶河》中王家父子的矛盾即缘于此。

基层工作异常烦琐，县城开会期间，阮章竞对自己能否独当一面负责一个地方的工作产生了怀疑：

---

① 阮章竞：《〈乡间记事〉之一》，载《阮章竞文存·笔记卷》，北京十月文艺出版社2022年版，第127—128页。

② 阮章竞：《〈乡间记事〉之一》，载《阮章竞文存·笔记卷》，北京十月文艺出版社2022年版，第129页。

③ 阮章竞：《〈乡间记事〉之一》，载《阮章竞文存·笔记卷》，北京十月文艺出版社2022年版，第129—130页。

> 我从到了底下来后，看到有许多问题。在作为一个领导者，是十分要紧的。我考虑了一下，叫我去单独负责一个地区的工作，在心里不愿意。就是感到不容易，还是作为底下的执行者，做具体的工作，丰富生活，将在文字语言上做多点事算了。叫我去负责一面工作我实在有点怕。有工夫的话，很想把最近的所见所闻作概括研究，以提供樱（引者注：阮章竞的妻子赵迪之，时任晋城县委书记）在领导上作参考。我有时因别人的问题引起，我就怕她未注意到这些。其实人家从事地方工作几年了，不会不知道的。[①]

深入工作反而坚定了文艺创作的初心。阮章竞将基层工作的历练，定位为“回返阶级的生活与感情”：“做别的工作，我未必无信心，我不相信只有这些人才能做。但以我的真实思想就是在现实的斗争中锻炼，回返阶级的生活与感情，我仍是做个艺术工作者并不累我，别也无他求。但千万不要让我又回到高高在上的，或纯粹性的岗位上去。”[②] 这其实是创作自觉的时刻：文艺创作与群众工作并非对立，文艺可作用于群众，而真正深入的群众工作也是在为创作蓄能。

下乡工作也使阮章竞反省自己的生活圈子及文化人习性，在一个对照结构中清理自己：

> 我又回想了一个孤僻和傲慢问题，扯闲天能花整天半天的工

① 阮章竞：《〈乡间记事〉之一》，载《阮章竞文存·笔记卷》，北京十月文艺出版社2022年版，第105—106页。

② 阮章竞：《〈乡间记事〉之一》，载《阮章竞文存·笔记卷》，北京十月文艺出版社2022年版，第107页。

夫。不应付，“这是个怪人”。应付非常不自然：因为我想做事。见面时，本来无事可谈。“天气真好”，说吧，我无法再找到第二句话；不说吧，“这个人傲慢、冷淡，这个同志”。我看见有的热情人拉我去打扑克，不去不好，勉为其难。有两个妇女从远处来有事要谈，时间是午睡时，他们只劝她们回去，将来去哪里办。知道了，她们就无聊地坐在门槛上。做人很难，热情，不知用在什么上面好。我讨论工作时，会因群众的行动，热得很，眼泪也出来。创作时也流眼泪：为过褚天根哭，为过金梅与科子的爱情落泪。可是我看到平平常的实际，冷如冰。我是在克服了，逐渐地注意，但很难自然。人家说我不会有“过分”的热情，是很有道理的。[①]

这一大段很能反映阮章竞下乡工作之前的主体状态。想做事，但找不到门径；不想被看作另类，但又违背内心。这极易陷入一种疲沓状态，所谓对平常的实际“冷如冰”、没有过分的热情，就是这种疲沓状态的体现，这种情况下“热情”只有在“讨论工作”或文艺创作时才能激发出来。但这种热情是无源之水，悬空，不及物。作者用“灯里无油点捻子”形容此时的状态，捻子虽可燃烧一时，但只有灯中有油才能旺盛持久。无油而空点捻子，困于抽象理念和纸上热情，不仅会让自己郁闷，也会导致自我定位的偏差和人际相处的不顺：

---

① 阮章竞：《〈乡间记事〉之一》，载《阮章竞文存·笔记卷》，北京十月文艺出版社2022年版，第111页。

四四年以后，清算自己的历史，更感到自己和劳动人民的血统关系。这确对我今日的对群众的看法与关心，都是很大的不同，“甘为孺子牛”的思想是明确地树起。然而也给自己很大的震动，八年来，依然故我？而且有很多问题，常扰乱自己的安宁，思想深处，有许多不平，有许多牢骚。因此，在某时会引起自己的“到底是谁的是非”之感！自己的个人英雄主义，高傲自满，目空一切，深感不对。使自己的与人之间的关系不能达到应有的协调，这是有的，严重警惕也是必要的。我想这个思想自己倒有决心与把握去克服它，我现在每发一言一举动后都想想，是否自己有不当之处？我想这样的检查是必要的。[①]

一方面负气不再从事文化工作，另一方面基层工作又未打开局面；一方面觉得自己做实际工作未必就差，另一方面又觉得更适合创作。在这样的纠结中不断进行“心理建设”，这可能是阮章竞一生中的“精神低谷”。然而革命实践为灯中注油，阮章竞很快走出了这样的主体状态。深入工作不仅点燃了热情，也锻炼了体格和意志，眼病、疥疮、感冒、蚊虫叮咬，赤叶河笔记随处可见，但后来的南王村笔记、西积善笔记则完全看不到了。如果说革命者也应是一个心学家，那么此时或许就是阮章竞的悟道时刻。空有热情的小资产阶级知识分子，距离真正的革命者，还差一个“事上磨练”。解开郁结，让热情落地，在工作中生成坚实的主体，这样的主体正是人民文艺的创

① 阮章竞:《〈乡间记事〉之一》，载《阮章竞文存·笔记卷》，北京十月文艺出版社2022年版，第114—115页。

作主体。

也就是说，正是深入工作助力阮章竞完成精神蜕变，从疲沓走向振拔。重回赤叶河，听会期间的自我反思，被全身心的工作代替，忙碌紧张的工作，让他根本无暇考虑创作。但斗争的胜利、群众的翻身，令阮章竞感到充实："我心中充满了愉快和顾虑。愉快是我是在斗争的洪海中，我跑来跑去，觉得身体健旺与有活力，思想一分钟也是紧张的；顾虑，我没有领导过任何的群众斗争，今天成了这里领导斗争的主角。我想我什么都和群众讨论就能解决我的幼稚无经验。"[①]

除了发动群众斗争地主，解决租佃问题，阮章竞还发现有些农村政策与群众要求的不相适应。抗战胜利前后到1946年"五四指示"这段时间，仍在实行减租减息、统一战线，但群众斗争实际上在不断突破这一政策。1945年之后农民的土地要求极为迫切。高家庄斗争地主不成功，就是因为仅靠减租减息政策下反奸清算、合法斗争，已无法满足群众要求；而依据条文办事，群众不满，这让作者于心不安。因此，阮章竞认为应该尽快明确代表性，放手发动群众，满足其土地要求，而不是"唯法主义"[②]、宽大地主。这些诉求与1946年的"五四指示"精神是一致的。

尽管高家庄工作烂尾、基层干部问题也未得到有效解决，赤叶河工作留下不少遗憾，但对时年31岁的阮章竞来说，这段工作经历足以让他深入认识现实、完成主体再造。一个人民文艺所要求的创作主

---

① 阮章竞：《〈乡间记事〉之一》，载《阮章竞文存·笔记卷》，北京十月文艺出版社2022年版，第153页。

② 抗战胜利，国内局势未明，根据地干部在是按政策和法律引导群众斗争，还是突破政策满足群众要求上，产生分歧。泽州县天水岭群众的翻身经验之一就是不能"唯法主义"，参见朱襄等《天水岭群众翻身记》，华北新华书店1947年版，第10页。

体于此生成。1946 年 6 月，阮章竞重回太行文联，在一年多时间内接连创作了《南王翻身谣》《圈套》《赤叶河》等作品，其后还有更加知名的《漳河水》。可以肯定地说，没有此时期深入工作的经历，是不会出现这次“创作爆发”的。

结语

阮章竞后来用“塞翁失马”形容下乡工作的收获：“在这一年多的群众工作中，我了解到阶级斗争、社会生活等各个方面的情况，就是因为赌气不肯回太行山剧团，取得的丰收，我是塞翁失马。”[①] 他不仅深入了解了农村现实，而且习得了表现现实的文艺形式：“从这时间起，我搜集了不少群众语汇、民间风俗和民歌材料。尤应感谢的是武乡盲人宣传队，我从他们的演唱中，深深受到民间艺人的启发。由于有以上的生活实践，使我在四七年重新写作时，在两年多的时间里，一连写出长诗《圈套》、歌剧《赤叶河》、长诗《漳河水》。”[②] 在另外的创作谈中，他特别强调以普通工作者而不是作家的身份去工作，“在工作时就要好好地工作，这样才能不成‘客人’。如我写的《赤叶河》，就是我在地方上工作时，参加与领导那里的整个斗争。但在工作时，我不是在想为找写作材料而工作，同时我也经常留心注意

---

① 阮章竞:《终程回溯》，载《阮章竞文存 · 散文卷》(下)，北京十月文艺出版社2022年版，第906页。

② 阮章竞:《我的写作道路》，载《阮章竞文存 · 散文卷》(下)，北京十月文艺出版社2022年版，第769页。

收集材料，因此，我就能从历史上了解了整个山沟的来历”[1]。

而且，此时的农村工作是革命斗争的前线，不是安定时期按部就班的科层制工作，需要在参与社会运动、变革现实的实践中，洞察生产关系和社会关系，把握各阶层人们的行为举止和心理趋向。“以我的经验来说，最可靠的办法，是参加人民解放事业的各种斗争。”[2]周立波也有类似说法：“在运动中最能了解人，每个人从他的特定的政治地位出发，都会充分地表露自己的思想感情，矛盾也特别尖锐和复杂。这些生动的情况正是小说作者希求的极为珍贵的材料。”[3]也就是说，只有在革命实践中，才能发现诸多常规现实下无法看到的社会和人心面向，并将当下斗争与未来社会远景联系在一起，这种创造现实、指向未来的能动性意味着工作者同时也应是一名“政治战士”。

人民文艺的理想创作主体生成于这样的历史结构中。深入工作与现实斗争构成了人民文艺创生的重要语境，其现实品格和行动文学特征亦来源于此。阮章竞此时期的创作所涉及的，不论是永佃制土地关系、“人情”的理性化，还是基层干部素质等，都是对现实问题的回应。而且，时势的变动和群众的反馈，也决定了作品在动态现实中的不断修正和完善，其目标是在合于现实的前提下动员群众创造新的时势。而要想使文艺作用于群众，运用民间形式，以表演性、参与性与民众互动，就是必需的。作为观看者的群众在人民文艺的原初场景中

---

① 阮章竞:《我怎样学习写作》，载《阮章竞文存·散文卷》(上)，北京十月文艺出版社2022年版，第62—63页。

② 阮章竞:《我怎样学习写作》，载《阮章竞文存·散文卷》(上)，北京十月文艺出版社2022年版，第62页。

③ 周立波:《关于小说创作的一些问题》，载《周立波文集》(第五卷)，上海文艺出版社1985年版，第642页。

必不可少，他们于舞台上目睹自身历史的回放以及正在参与的现实斗争，更感受到斗争后可能生活的召唤。离开这一原初场景是无法理解人民文艺的巨大影响的。

韩丁详细记载了《赤叶河》在张庄的上演情况："在换场的间隔中，一队穿着鲜艳服装的男女儿童们上台表演'快板'（一种用敲打竹片作为伴奏的有韵的说唱）。这些快板把当前人人关心的事情，例如《土地法大纲》、生产大发展，即将开始的整党运动，等等，都做（引者注：应作'作'）为主题而把它们加以戏剧化了。所有这些节目仅仅是晚间一场压轴戏的前奏，这场压轴戏就是长达四小时的现代歌剧《赤叶河》。"[①] 韩丁笔下，《赤叶河》作为"地头戏剧"上演的原初场景，生动还原了人民群众对人民文艺的理解和接受方式，以及作品、演员、观众和现实斗争如何不可分割地联系在一起。在那一时刻，现实中群众生活的戏剧与戏剧中群众的生活，互相照见，融为一体。

（原载《文艺理论与批评》2022年第6期）

① ［美］韩丁：《翻身——中国一个村庄的革命纪实》，韩倞等译，邱应觉校，北京出版社1980年版，第362—363页。

“道”“术”之辩与革命者的“修养”

——解读《山乡巨变》中的乡村干部

《山乡巨变》塑造了众多基层干部，比如指导建社的年轻的下派干部邓秀梅、区政委（后来的中心乡书记）朱明。然而，相较这些区县来的干部，更令人印象深刻的还是清溪乡本地干部，他们直接与各类农民接触，在农业合作化运动给山乡带来的生产生活方式、社会关系“巨变”中显示出更为明晰的“心性”结构及现实理解。大体说来，《山乡巨变》塑造了三位有代表性的乡村干部：洋溢政治激情，却缺少策略、变通的陈大春；“履中蹈和”，“术”显“道”微的李月辉；以“克己”等革命者的“修养”统合“道”与“术”的刘雨生。《山乡巨变》的干部塑造及其叙事姿态，当然反映了作者对农业合作化运动及乡村干部应具何种素质的思考。然而今天重读此作品，若不过于为其特定视野所限，而是深入这些不同乡村干部的行为逻辑、现实认知，则或许能发现“当代历史”的内在发展脉络，其间展现的社会主义的一些难题，将长久困扰“当代文学”。

一、“我心光明”：陈大春的离去与归来

《山乡巨变》上下卷依次写建社、办社，但主要人物有变动。下卷第一节，1956年年初，在清溪乡五个初级社短时间内全都转成高级社之际，陈大春被调到株洲工厂。株洲是新中国成立后八大工业重点建设城市之一，工业刚起步，新建工厂需要工人。陈大春被调走虽略显突兀，但尚有理可循，让人费解的是符癞子也被安排去了株洲工厂。与这个二流子同去，“陈大春感到意外，也有一点觉得屈辱的样子”[1]。显然，对于符癞子的调离，陈大春很不理解。

1955年至1956年，一般农民已很难进城谋工作，即使株洲工厂主动在农村招工，肯定也会有名额限制。也就是说，清溪乡的两个名额，支书李月辉将其给了陈大春和符癞子。通常情况下，乡村负责人会选派有一定文化的进步青年，《创业史》中郭振山就把招工名额给了改霞。符癞子为何入选，李月辉的解释是“早就要求出去”，老是抱怨每次见到刘雨生都很“尴尬”（刘雨生前妻张桂贞改嫁了符癞子），“也好，让他到工厂去，锻炼锻炼”。

不过，刘雨生对符癞子没有成见，对他所谓“尴尬”也并不在意。而且在合作社尚未运作之前，清溪乡明确表达进城诉求的还有四位：一是张桂贞，想改嫁城里干部。二是她的哥哥秋丝瓜也试图以此为跳板，寄希望于她进城后拉他一把，这位前“兵痞”虽已上升为上

① 周立波：《山乡巨变》（续篇），《收获》1960年第1期。下卷引文皆出于此，不再一一标注。

中农，但因见过些世面，心不在村里。三是完小毕业生盛淑君，上卷第二节，盛淑君一遇到邓秀梅，就问："同志，你能介绍我进工厂去吗？"她觉得："乡里冷冷清清的，太没得味了。"四是中学生盛学文，想继续读高中，在接邓秀梅的路上谈到升学的事。

"听说你想读长学。"

"没有希望，耶耶不答应。他说：'等你高中毕了业出来，我的骨头打得鼓响了。算了，还是回来住农业大学，靠得住些。'他把作田搬泥块，叫做住农业大学。"中学生微含轻蔑地说道。

"有意思，他叫得真好。"邓秀梅却满口称赞。

中学生听见邓秀梅这样地赞美农业，和他自己想要升学的意思显然有抵触，他就稳住口，没有做声。①

当然，盛淑君、盛学文在高级社成立后，找到了自己的位置，盛淑君被选为妇女主任，盛学文当了会计，他们二人在下卷中已热心于农业生产，对进城不再感兴趣。但在1956年年初，他们还是有进城打算的。当恋人陈大春告诉盛淑君进厂的消息时，她即要求同去。

"我去找社长，倒要问问他，只叫你去，不许我去，是什么道理？"

"工作上的道理，这里需要你。"

---

① 周立波：《山乡巨变》，《人民文学》1958年第1期。上卷引文引自《人民文学》1958年第1—6期，不再一一标注。

“这里不需要你吗？多了你吗？……”

这个决定是刘雨生从乡里带回来的，并非他的安排。事实上，他也舍不得陈大春走：“株洲。好地方呀，崭新的城市。论理，我们是不能放你走的，支援工业，没有办法。”陈大春、盛淑君尽管都服从了组织调配，但并不明白如此安排的具体缘由。陈大春走之前，向盛淑君道别。“他们谈到了工厂，臆测了陌生的厂里的生活，于是又回到他们深深熟悉的乡村；陈大春提起了他所设计的清溪乡的明天的面貌，并且告诉盛淑君，他的精心描绘的草图已经交给社长了。”

在这幅草图中，清溪乡已是实现了机械化、电气化的美丽山乡，机器站、水电站、牛奶站、果林一应俱全。

“有意思极了。”刘雨生又满口称赞。

“这计划还没有开始实行，我就要走了。”陈大春的眼睛放出一种明亮的、如痴如醉的光泽，望望对面的群山。

“你放心，”刘雨生把草图叠起，郑重地收进自己衣袋里，“交给我吧，只要三五年不调工作，我一定实现你这计划。到时候，请你回来赏香花，尝果子。”

陈大春沉浸在未来畅想中：“刘社长，你不晓得，我自从参加工作，就立下了一个志向，也可以说是一片小小的雄心。我要经我手把清溪乡打扮起来，美化起来，使它变成一座美丽的花园，耕田的人驾起拖拉机……”此处显示了下卷写作时代（“大跃进”期间）的“革命浪漫主义”，但也透露出1955年春陈大春为何组织自发社的一些信息。

上卷“山里”一节，月光下，陈大春跟盛淑君畅谈他的计划：“农业社成立以后，我打算提议，把所有的田塍都通开，小丘改大丘。田改大了，铁牛就好下水了。”而且陈大春的规划显示出工农业协调发展的视野：余粮支援工业，然后工业反哺农业。在他的畅想中，不久的将来工人老大哥会下乡给农民安电灯、电话。同时，农村生态环境改造后，可以做到“比城里舒服”，“山水好，空气也新鲜”。“盛淑君靠近他的左边走。从侧面看他，月光下面，只见他那微黑的、健康的脸上，现出一种发亮而又迷蒙的醉态，好像眼前就是一座万紫千红，花团锦簇的花园。”

“醉态”是未来想象完全压倒现实的一种主体状态，表征着陈大春通过合作化改变家乡面貌的强烈愿望。然而尽管他有过建社经验，但在新成立的高级社中并没有被安排任何职务，他如何能调动资源经他的手实现这一蓝图呢？特别是，这位被支书李月辉评价为“左”得吓人、急躁冒进、作风有些粗暴的年轻人，对清溪乡的发展规划有着自己的“固执”理解，从上卷可知，这一理解不同于李月辉的“心宽路远”“不着急”。

显然，陈大春的工作调动需要辨析，这一设计并不仅仅是下卷重新组织人物关系的叙事需要。这或许涉及当代历史的一个难题：如何理解并消化陈大春这一脉络的力量，其革命理想主义和不断革命冲动，若结合群众运动，颇能冲决延宕革命目标的理性化机制，但也将面临现实发展方式分歧的限制，在基于现实条件、依赖科层制的以稳为先的发展理念中，它也被看作一股不走寻常路的破坏性力量。这里，把陈大春送走，肯定不是要表现李月辉狭隘、不容人，而是要凸显在如何办社、如何发展方面，他一时无法吸纳陈大春，不知应将其放于何位置。

事实上，陈大春的作风做派、现实认识、“生活感觉”明显异于李月辉，从土改到建社，他与李月辉一直存在分歧，且成为李月辉主政清溪乡的潜在制衡力量。他的掣肘、常常的不顺从，让李月辉无可奈何。陈大春十三岁开始下力，长得高大威武，小说没有呈现其成长过程，但可以知道，他受大革命时期牺牲的舅舅的影响很深，继承了母系家族的革命气概（“大公无私”）、父系的勤劳刻苦（“克勤克俭”）。用李月辉的话说：“讲根源，他的没有比。”

上卷对陈大春“心性”的刻画大多依赖李月辉的视角：“大春是个好同志。他要求严格，性子直套，不过，就是有点不懂得人情，狭隘，粗暴。”不懂得人情，即不懂得变通革命原则以合于乡村传统人情事理。狭隘，即好讲“根源”（出身）。粗暴，表现之一是疾恶如仇，但易冲动，比如捆绑偷砍林木的外村人的行为，就被李月辉批评：“你这个家伙，土改时期搞惯了，现在不兴了，老弟。”暗示其土改时行为可能过火。表现之二是骂人，这一点也被他的情敌批评为实行“家长制”。然而尽管有这些缺点，陈大春还是在年轻人中树立了很高的威望。“但就是这些背后议论他的人，当了面，也都不敢奈何他。陈大春没有一点把柄，没有任何见不得人的阴暗的东西，一脸正气，工作舍得干，劳动又当先，不怕他的，也都不能不服他。”盛淑君正是被他身上“一种不能抵挡的内在的力量”吸引的。这一“内在的力量”可理解为，陈大春被坚定而单纯的信仰贯注身心，浩然之气“沛然莫之能御”，因而获得“我心光明”的自信。这一洋溢政治激情的人格，也许在李月辉看来，远不够浑厚，且外在于乡村社会；不过若用发展的眼光看，也不是没有通过“事上磨练”进一步提升的可能——革命在古老山乡激荡出一种崭新的心性。

陈大春“心性”形成很大程度上源于对私有制的认识。“这家伙是个怪物。我们过去的一切灾星和磨难，都是它搞出来的。他们把田地山场分成一块块，说这姓张，那姓李，结果如何呢？结果有人饿肚子，有人仓里陈谷陈米吃不完，沤得稀巴烂；没钱的，六亲无靠，有钱的，也打架相骂，抽官司，闹得个神魂颠倒，鸡犬不宁。”这是典型的阶级分析视角：关注农民的不同处境，即农民并非划一的整体，其道德伦理需要具体分析。他告诉盛淑君，清溪乡解放前盛、李两家族为争水发生的械斗，死的都是佃贫农。“私有制度，就是这样子吓人，它是一切灾星罪孽的总根子，如今，我们的党把这厌物连根带干拔了出来，以后日子就好了。”此处可能有将其觉悟拔得过高之嫌，但或许也可以理解为时代主流认知在其身上的投射。《山乡巨变》并不仅是呈现农业集体化之过程，更是要揭示基于私有制的小生产的“巨变”以及这一过程中的人心动向和社会关系重造。

因此，陈大春与李月辉“气性”的差异还在其次，他们的分歧主要体现于对农业合作化运动速度的理解上，这一理解反映出对私有制现实，也就是“新民主主义社会”存续时间的容忍程度。目标并无不同，但一个求快，一个求稳，可以说复制了合作化运动的“两条道路”。1955年春，陈大春组建了一个自发社，但在随后的“反冒进”中被李月辉“砍掉”了。“原先，他还有时听我的调摆，自从他那一个宝贵的自发社给我砍掉了，连我的话，他也不信了。”“陈大春大叫大闹，吵得乡政府屋都要塌下来了。社是他办的，说要解散，他不甘心。年轻人感情冲动，当时他指了我的鼻子尖，骂得好凶呵！”[①]。但紧接着即是“反反冒进”，李月辉由“收缩”的典范变为压制合作化发展的右倾，他更难以节制陈大春。当时，李月辉在全乡党员大会上传达毛泽东的《关于农业合作化问题》，当念到“我们的某些同志却像一个小脚女人，东摇西摆地在那里走路”时，陈大春当众说：“李主席，你自己是小脚女人。”“我放下报纸，半天不做声。别人也都不做声，以为我生了气了。”李月辉不见得真生气，但感到工作不顺手似是真的。他对新来的邓秀梅抱怨道：“我也要求去学习，好叫我的肚子里装几句马列，上级不答应，说就是学习，也要迟两年，叫我继续当支书。要当支书，就得认真地当家作主，大春他不服我管。你来得正好，上级真英明，派你来加强这里。”“大春他不服我管”，李月辉觉得在清溪乡还没有做到“认真地当家作主”。在他的理解中，邓秀梅来清溪乡指导建社，也有加强这里的团结，特别是解决大春“不服管”的目的。

“陈大春左得吓人，老倌子右得气人”，李月辉口中的老倌子（陈

---

① 关于砍自发社，毛泽东1953年曾予以提醒：“‘纠正急躁冒进’，总是一股风吧，吹下去了，吹倒了一些不应当吹倒的农业生产合作社。倒错了的，应当查出来讲清楚，承认是错误，不然，那里的乡干部、积极分子，就憋着一肚子气了。”参见毛泽东《关于农业互助合作的两次谈话》（一九五三年十月、十一月），载中华人民共和国国家农业委员会办公厅编《农业集体化重要文件汇编（1949—1957）》，中共中央党校出版社1981年版，第199页。1955年的《关于农业合作化问题》也注意到不加分析一刀切“反冒进”会引起积极分子的不满：“我们应当爱惜农民和干部的任何一点微小的社会主义积极性，而不应当去挫折它。……浙江由于采取所谓‘坚决收缩’的方针（不是浙江省委决定的），一下子就从五万三千个合作社中解散了一万五千个包括四十万农户的合作社，引起群众和干部的很大不满，这是很不妥当的。”参见毛泽东《关于农业合作化问题》（一九五五年七月三十一日），载中华人民共和国国家农业委员会办公厅编《农业集体化重要文件汇编（1949—1957）》，中共中央党校出版社1981年版，第364—365页。

先晋）也可以换成符癞子。在李月辉眼中，陈大春和符癞子代表着清溪乡两股方向相反的“极端”力量，而他的选择恰是“三条路走中间一条”，因此当招工指标下来，送走这两个牵制工作的年轻人，让其到工厂锻炼锻炼，也不失一个可行的办法。

值得注意的是，下卷通过李月辉的转述，可知这两个年轻人在株洲工厂都发生了改变（其实也才去半年），不过陈大春改变的可能只是脾性，不会是信念。符癞子来信报告他已转为正式工人，明年（1957）春天就能分配到一个宿舍，届时会把张桂贞接过去。如此说来，他们二人实现了进城的愿望。有意味的是，陈大春却没能“转正”，下卷结尾说他很快就要返乡。回来的原因没有交代，结合历史背景，可知当时职工人口增长过快，粮食供应紧张，国家正在精减商品粮人口，陈大春可能就在精减之列。

总之，陈大春要回清溪乡了。回来之后的故事，从 20 世纪 60 年代“形势收紧”时的文艺作品可略知一二。那些作品都有一个重回农村的军人或工人，与队长、社长等只注重生产而忽视政治、混融乡村伦理人情与革命原则的势力作斗争。陈大春代表了基层青年中存在的一种不满，无法估计其到底有多少群众基础，但它极具能量。从正面说，这一不满触及革命理想被各种旧习俗、旧习惯腐蚀的一面，从负面说，它危及李月辉的“心性”结构。20 世纪 60 年代“形势收紧”可以说有其内在逻辑。《分水岭》《青松岭》这样的电影可看作

"山乡巨变"故事的续写[1]，这恰恰显示,《山乡巨变》越是"客观"呈现合作化运动中不同农民的所思所想，越是说明陈大春这一人物的"真实性"。这一内生于革命信念的人物，有其成长脉络和社会基础。能否使其"驯服",《山乡巨变》并无自信，只是将其支走了事，他的故事只能留待下回分解了。

二、"履中蹈和"：李月辉的治乡之"术"

《山乡巨变》以李月辉、刘雨生为核心领导建社、办社，而不是以陈大春为基础塑造一个梁生宝式的人物，显然反映了作者的现实理解，特别是对合作社领导人应具何种品质、作风的思考。李月辉被定性为犯了右倾错误的支部书记，但小说并未放弃以他为立足点观察合作化运动、评判各色人等的叙事姿态。

亭面糊分得的原地主庭院的门楣上刻着"履中蹈和"四个大字。"履中蹈和"语出汉焦延寿《焦氏易林》"含和履中，国无灾殃"[2]，汉刘向《说苑》"彼舜以匹夫，积正合仁，履中行善，而卒以兴，纣以天子，好慢淫荒，刚厉暴贼，而卒以灭"[3]。可见"履中蹈和"是一种久远的政治智慧，内含对施政者素质的要求。刻于门楣，或可视为此

① 《分水岭》，八一电影制片厂出品，李俊导演，1964年上映。《青松岭》，长春电影制片厂出品，刘国权导演，1965年上映；此片"文化大革命"后期由"长影厂"刘国权、姜树森执导重拍，1974年上映。两部影片共享"重返一斗争"的叙事结构，尤其是《青松岭》，翻转了《山乡巨变》对陈大春、李月辉等类型的干部的评价。

② （西汉）焦延寿著，（清）尚秉和注，常秉义批点:《焦氏易林注》，中央编译出版社2012年版，第202页。

③ 卢元骏注译:《说苑今注今译》，天津古籍出版社1988年版，第698页。

地乡绅对理想的为人处世方式或乡风的追求——当然现实中是否真的做到了“中庸”“和谐”是另一回事。而李月辉“三条路走中间一条”的行为方式、“气性和平”的性格亦可放在“履中蹈和”的脉络中进行理解，于此更能看到李月辉的人格与传统的深刻勾连。

李月辉是土生土长的本地农民，熟悉清溪乡不同农民的性格、心理及他们对合作化的态度。他作风民主，“不急不缓，气性和平”，基于“求稳”“不求有功，但求不冒”的心理，非常支持“反冒进”。“我们这里，本来有个社，今年春上，坚决收缩了，‘收缩’是上头的指示，‘坚决’却要怪我。”李月辉的理由是，清溪乡“互助合作基础差”，互助组都没搞好，贸然建社肯定出问题。从其后“小脚女人还不也是人”的自我辩护可知，他并不仅是被动执行“反冒进”政策的，而是内在认同这一政策合理性的。

上卷“途中”一节极富象征性，可视为以何种路线向社会主义过渡的寓言。所谓“途中”，指邓秀梅、李月辉二人去区里开会的路上。鸡叫三回天不亮邓秀梅就去找李月辉，准备出发，李月辉说：“急么子呵？别的乡包管没有我们这样早。”他以为走这么早，肯定会头一个赶到区里：“这一回，我们定要赶到各乡的前头，叫朱政委看看，搞社会主义，哪个热心些？”但李月辉对形势的判断总是慢半拍，自以为很积极，实际已经落后，等他们到了区里，别的乡早到了。“李月辉以为起了一个绝早，又抄了近路，到区不是头一个，也是第二名。哪里晓得，等到他们进得区委临时办公处所在的一家人家的堂屋，那里早已坐满一屋人，碰头会开始好久了，他们赶塌了一截。”二人赶来的“途中”，李月辉向邓秀梅阐发他的“心宽路远”哲学。

“有些干部，嫌我性缓，又没得脾气，有点不过瘾。……干革命不能光凭意气、火爆和冲动。有个北方同志教导过我说：‘小资产阶级的急性病，对革命是害多益少。’革命的路是长远的，只有心宽，才会不怕路途长。”

“也不能过于心宽，毛书记说过，过犹不及。”邓秀梅笑着跟他说。

“我觉得我还不算‘过’。”

“你是这样觉得吗？”

“是呀，要不，今天我就不会抄近路。这条小路，茅封草长，不好走极了。”

为了早到，李月辉征询邓秀梅是否“抄近路”，邓秀梅当然同意走近路，此处李月辉尽管懂得变通，不是过于心宽，然而“茅封草长，不好走极了”的评价，也显示出对“近路”的保留。不过他们之所以迟到，并不在于走哪条路，而在于出发晚，误判形势，低估了其他乡“搞社会主义”的“热心”；根本原因或许是缺乏那种披荆斩棘，让小路变大路，“书记动手，全党办社”的内生动力和积极性。可以看出，李月辉实际还是认为农业合作化应从容一点，最好不要“抄近路”：“我只有个总主意，社会主义是好路，也是长路，中央规定十五年，急什么呢？还有十二年。从容干好事，性急出岔子。三条路走中间一条，最稳当了。像我这样的人是檀木雕的菩萨，灵是不灵，就是稳。”尽管邓秀梅给了“这是正正经经的右倾”的评论，但李月辉对当时政策的偏移、对自己主张的自信也于此呈现了出来①。

关于农业合作化速度的争论是个老话题，这里不作展开，只想指出李月辉“心宽路远”、看似从容的主张无法认识到的方面，即从工农业协调发展及限制“资产阶级”的角度看待农业集体化。这一点其实已被当时高层及后来学界普遍接受。社会主义工业化与农业社会主义改造不能孤立去看，后者制约前者，前者的发展需要不断增长的商品粮与工业原料供应，而其生产的农业机器、现代运输工具、化学肥料等工业品也“只有在农业已经形成了合作化的大规模经营的基础上才有使用的可能，或者才能大量地使用”②。

> 为了完成国家工业化和农业技术改造所需要的大量资金，其中有一个相当大的部分是要从农业方面积累起来的。这除了直接的农业税以外，就是发展为农民所需要的大量生活资料的轻工业的生产，拿这些东西去同农民的商品粮食和轻工业原料相交换，既满足了农民和国家两方面的物资需要，又为国家积累了资金。而轻工业的大规模的发展不但需要重工业的发展，也需要农业的发展。因为大规模的轻工业的发展，不是在小农经济的基础上所能实现的，它有待于大规模的农业，而在我国就是社会主义的合作化的农业。因为只有这种农业，才能够使农民有比较现在不知

---

① 程凯对李月辉植根乡村生活土壤的性格、“心宽路远”的现实理解以及对这一理解的自信，做了深入分析，参见程凯《“信任感”与“心宽路远”——〈山乡巨变〉（上部）的现实理解和生活感觉》，《文艺争鸣》2021年第9期。

② 毛泽东:《关于农业合作化问题》（一九五五年七月三十一日），载中华人民共和国国家农业委员会办公厅编《农业集体化重要文件汇编（1949—1957）》，中共中央党校出版社1981年版，第370页。

大到多少倍的购买力。[①]

农业、轻工业、重工业共处于一个协调发展又互相制约的链条中，其中的关键正是农业集体化。《关于农业合作化问题》中这段经常被引用的文字说明：中共政权深入中国广大乡村，已不存在由“天子入疆先问我，诸侯所保首推吾”的土地神所护佑的“封建”空间；如果土改之后，中国农村回复到先前那种“乡土社会”，工业化将遥遥无期；如果基层干部仅满足于做地方上的“土地菩萨”而不具更大视野，那他将或多或少感到“不能适应形势”。现实是，中国农村已经深深卷入由国家主导的工农业交换关系中去了[②]，周立波上书反映的农村粮食统购问题亦源于此[③]。这亦涉及加速的另一原因，即以统购、合作化限制“资产阶级”：

同时，我们依靠同农民的联盟，取得粮食和工业原料去制资

① 毛泽东：《关于农业合作化问题》（一九五五年七月三十一日），载中华人民共和国国家农业委员会办公厅编《农业集体化重要文件汇编（1949—1957）》，中共中央党校出版社1981年版，第370页。

② 当然，针对当时“农村政策‘左’了”的批评声音，毛泽东强调通过农民自己发展生产，政府帮助兴修水利、发放贷款等方式，缩小工农业剪刀差（但这并不能改变农业在工农业交换中的弱势地位，尤其在遭遇自然灾害时，农村粮食问题会相当严峻）。“我们的农业税，包括副业的税收，约占农民生产总值的百分之八，很多副业没有抽税。我们统购粮食，是按照正常的价格。国家在工业品和农业品交换中间从农民那里得到的利润也很少。我们没有苏联那种义务交售制度。我们对于工农业产品的交换是缩小剪刀差，而不是象苏联那样扩大剪刀差。我们的政策跟苏联大不相同。所以，不能说我们的农村政策‘左’了。”参见毛泽东《在省市自治区党委书记会议上的讲话》（一九五七年一月），载《毛泽东选集》（第五卷），人民出版社1977年版，第336页。

③ 周立波1955年2月21日致信刘少奇，反映益阳农村粮食问题及其他涉及农民生产生活的问题，参见邹理《周立波年谱》，上海人民出版社2020年版，第159—161页。

产阶级。资本家没有原料，国家有原料。他们要原料，就得把工业品拿出来卖给国家，就得搞国家资本主义。他们不干，我们就不给原料，横直卡死了。这就把资产阶级要搞自由市场、自由取得原料、自由销售工业品这一条资本主义道路制住了，并且在政治上使资产阶级孤立起来。[①]

这是政治家从总体、关系角度看问题的方式，与文学家基于一个乡村的现实感受肯定有所不同——这是两种不同的“真实”。

可以说，客观情势推动着农业集体化加速。当时尽管强调生产关系应适应生产力现状，但因后发国家的落后现实，实则更侧重生产关系的优先性，也即通过激发农村中走社会主义道路的积极性，改变生产关系，从而释放生产力。其中枢纽，是重新评估农村中的阶级力量。关于土改后的中国农村，邓子恢认为贫农占比已非常少，土改时期的贫农上升为了新中农，再加上之前的旧中农，中农的比例，老区80%，新区60%—70%，所以，“团结中农是社会主义改造过程中最主要的政策环节”，“我认为中农生产消极，正是他们不愿加入合作社的表现，当他们不自愿入社时勉强要他们入社，只会增加社内的动摇与不满成分，造成合作社的长期不稳定状态”，因而对中农要“依靠教育说服，采取思想感化政策，来达到自愿”。[②] 而《关于农业合作化问题》则在新老中农中分化出“上中农”与“下中农”，将前者与富裕中农相

① 毛泽东:《农业合作化的一场辩论和当前的阶级斗争》(一九五五年十月十一日)，载《毛泽东选集》(第五卷)，人民出版社1977年版，第197—198页。

② 参见邓子恢《在中国共产党全国代表会议上的发言(节录)》(一九五五年三月二十一日)，载中华人民共和国国家农业委员会办公厅编《农业集体化重要文件汇编(1949—1957)》，中共中央党校出版社1981年版，第300—303页。

联系，将后者与贫农相联系，在这样的划分方法中，易于接受合作化道路的贫下中农的比例占到了百分六七十，反对者大为减少。①

以此再回到李月辉主政的清溪乡，会发现他更多是在“劳动”层面将农民看成一个整体。下卷中，菊咬筋因挖塘泥与陈孟春发生冲突，李月辉告诫孟春“你的背后要有成千成百的群众，你要时时刻刻不脱离他们”。

> “他一个单干户子，算什么群众？”
>
> “跟你我一样，他是搬泥头骨出身，如今也还是搬泥头骨，你拿扁担，他也有一条，你凭什么说他不是群众？不是群众，又是什么？”

“社员”也好，单干也好，都是吃苦下力的劳动者：“太阳把寒气驱尽，霜冰化完，人们又使劲地挖，霸蛮地挑了。是吃力的劳动，又在日头里，人们的身上和脸上，汗水直洗；脱下棉袄，褂子湿透了，在这一点上，不论是三家，不论是社里，都一个样。这是他们可以重归于好的共同的基础。”因此李月辉拉着他们的手，让他们和解，但二人都不情愿。这更像传统“和事”、调解矛盾的方式，一定程度上偏离当时以斗争求团结的要求。在越来越强调集体劳动的时代，李月辉所谓的“共同的基础”也被敏锐的批评者批判为“合二而一”，认为他正是以这样的“哲学”对抗“一分为

---

① 参见毛泽东《关于农业合作化问题》（一九五五年七月三十一日），载中华人民共和国国家农业委员会办公厅编《农业集体化重要文件汇编（1949—1957）》，中共中央党校出版社1981年版，第366—367页。

二”的。

不过基于“共同的基础”，李月辉确实更能理解包括菊咬筋在内的各类农民在入社问题上的担忧。比如处置菊咬筋钻法令空子的砍树事件，李月辉明知树是菊咬筋封山令下达之后砍的，属违法行为，但“听他这样低声下气，话很恳切，又看见他的夹着烟卷的右手的个个指甲缝里塞满了墨黑的泥巴，李月辉心里活动了。他琢磨一阵，觉得让了这一着，好给以后交往留个地步，况且好了他，也还是好了一个辛苦勤快的劳动者，未来的社员”。李月辉送了一个人情，没有追究，趁机劝其入社，但菊咬筋并不愿意；李又打电话给刘雨生、李永和，让前者留意“事物时刻在变化”的“哲学”，让后者“大方一点”，不要封存菊咬筋偷砍的树；同时鼓励菊咬筋“好好干吧，我们都巴不得你好，亲为亲好，邻为邻安”，可谓仁至义尽。这里一方面可以阐释为李月辉体贴民情，宽容大度，但另一方面，法令在清溪乡的落实似乎是有弹性的，松紧端看主政者的态度，这里或许也存在某种弊端，以人情换入社是否可行，似也不应被无视。李月辉对菊咬筋使“心思”，后者可能也在利用他的“心性”故意砍树。

下卷的一个重要方面，是表现李月辉的“领导艺术”，即哲学的方法加经济学的措施。李月辉试图以之“降伏”落后党员谢庆元的“寒热病”。

> 李月辉亲自到了谢庆元家里，用哲学的方法，加上经济学的措施，降伏了老谢，也就是说，打退了他心里的寒潮，使他重新积极了。他答应了李月辉的要求，护秧到底，并且抽空把自己多年积累的技术上的经验传授给青年。

李月辉的哲学的方法，大家已经晓得了，就是把眼光放得远一点，又在比方谢庆元这样的人的身上，充分估计了长处，他相信："只要不是对抗性的，事情有坏必有好，人们是有短必有长。"根据这思想，他耐心地跟谢庆元磨了好久，最后达到了他的目的。

在听李月辉讲哲学的时候，谢庆元诉说了生活上的困难。李月辉开了条子，谢支了五块钱，于是谢庆元的"干劲又来了"，尽职尽责护秧。谢的"寒热病"消退与否实际上取决于经济学的措施。摸透每个人的脾性，看到其长处及未来改变的可能，当然没错，但当涉及菊咬筋、谢庆元等人的实际利益时，李月辉的这套组合拳基本没有效验。比如，谢庆元拒绝将下村秧苗分给烂秧的上村，却准备将其卖给单干户秋丝瓜，后者送了他两斗糙米，一块腊肉，这可视作秋丝瓜的"经济学的措施"，所以何样的劝说对谢庆元都不再起作用。李月辉很生气："这太不象话，他能被秋丝瓜收买，就难保不被别的人买通，不整一下不行了。"李让召开群众会，谢庆元大受刺激，秧苗被盛清明看护起来无法分给秋丝瓜，他本来想以不当副社长相威胁，但又觉得继续当副社长或许能赖掉账："心里又想，如果他照旧担任社里的职务，像秋丝瓜那样的单干，是不在话下的。讨还东西么，没有，他又怎么样？"谢庆元是理性化党员，其些微转变发生在自杀未遂，朱明主持的批判会之后。"这个家伙挨了一下斗，比以前好得多了。"李月辉不得不承认，"挨了一下斗"的效果超过了哲学的方法。

"谢庆元的选做副社长，李月辉是出了力的。按他原意，不过是爱惜这位从土改以起，就在一道工作的同志，总是不想丢开他，给他一个比较负责的岗位，使他在工作上不断地跟进，但要是他不争气，在群众中反映全都不大妙，那就只得另打主意了。”基于此，李月辉也试图走“群众路线”，听取群众关于谢庆元是否配当副社长的意见。李永和、陈孟春等反映谢庆元架子大、不参加劳动、与龚子元关系不清，但李月辉最终没有采纳这群年轻人的意见，而是接受了亭面糊的看法，这位老农认为谢庆元是“作田里手”，配当副社长。事实上，李月辉也极为肯定谢的生产技术——“当代文学”中生产与政治关系的话题在此凸显。在越来越强调“政治工作是一切经济工作的生命线”[①]的氛围中，李月辉以生产为导向的处理方式或许会遭遇挑战。

综合来看，李月辉的“经济学的措施”，主要是以支钱支粮的方式解决谢庆元的生活困难，并非当时批判的、普遍施于全体社员的“物质刺激”；而“哲学的方法”则是“履中蹈和”“心宽路远”的理论升级版，即看长远，看到事物转化的可能，不以绝对眼光看问题。小说结尾，李月辉在刘雨生婚礼上谈到幼时的一个经历：他小时候门牙掉了，新牙好久不长，老辈人说让婚礼中的新娘子摸下牙齿，就会长好，他照做了。“后来不久，牙齿真的长起出来了。好快呵，并且长得又白又整齐。那一摸很灵。这里面是有点哲学的。”李月辉讲这段故事，表面上是想说“老辈子不但看得起妇女，还迷信妇女”，讲的过程中，盛清明不断插话普及科学知识（这是周立波小说中的常见场景）：门牙不长是因缺少钙质，喝点骨头汤就会好。李月辉并不排斥科学，但如何理解“那一摸很灵。这里面是有点哲学的”？这或许

① 毛泽东：《〈严重的教训〉“本书编者按”》，载中共中央办公厅编《中国农村的社会主义高潮》（上册），人民出版社1956年版，第123页。

指向的是“老辈子”基于经验的价值系统，并不能简单以迷信对待。事实上，现代科学证明，新娘子手上的胭脂富含钙质，这是“很灵”的原因。这个故事微言大义：传统经验、地方知识有些可与现代科学、革命理念相兼容，而使其向后者转化，则需在体贴理解的基础上施展以“术”。

事实上，站在传统与革命临界点上的李月辉，擅长的就是“术”。若说陈大春念兹在兹于革命理念、社会主义原则，李月辉则长于以本地方式“优事理乱”，对以“政治”“根本问题”为抓手的决断力不甚在意。他是农民眼中的“好干部”，不过清溪乡的工作并不突出。高级社成立时，李月辉总结建社经验：“向全县全乡的各个先进社学习”“有样没样，且看世上”。不追求“先进”、引领潮流，而是“学样”，多少体现出跟随的被动性。

三、“克己”与道术之辩：刘雨生的成长之路

若将“道”界定为一种统摄性的原理，“术”乃策略、手段，以之观察当代历史，则“道”可理解为革命信念或社会主义原则[①]，“术”即实现此“道”的发展方式、治理方式，对于乡村干部来说，也包括

① 《庄子·天下》将“道术”“方术”对举，前者“指洞悉宇宙人生本原的学问”，后者“指特定的学问，为道术的一部分”（“曲士”的一隅之见）；也就是“道术”是原理性的学问，“方术”是在社会发展过程中分化出的具体学问。因此“百家”割裂了“道术”的总体性：“悲夫，百家往而不返，必不合矣！后世之学者，不幸不见天地之纯，古人之大体，道术将为天下裂。”“道术”全貌被天下（百家）割裂。在后世使用中，“道术”（原道之术）日渐被理解为“道”和“术”，“道”取代“道术”，“术”取代“方术”。本文即在此意义上使用“道”“术”的概念，并稍作变通。关于“道术”“方术”，参见陈鼓应注译《庄子今注今译》，商务印书馆2016年版，第984页。

如何落实政策、如何处理传统习俗与新政治信念的关系及做事策略、作风做派，等等。显然，不同的“术”会引发不同的效果或趋势，是做“传统的好人”还是“社会主义新人”，其实存在较大差异，这里同样涉及“道”“术”问题。

在此视野中，如果说陈大春侧重于“道”，李月辉“术”显“道”微，基层实干家刘雨生则试图在实践中以革命者应有的“修养”统合“道”与“术”。相对于“我心光明”“心里眼里，只有革命”的陈大春，“履中蹈和”“心宽路远”的李月辉，“刘雨生是个性情和睦的有耐心的人”，他是与乡村各种人事接触最多的基层干部，尤其在高级社成立后。

清溪乡建社之前只有两个互助组，其中一个就是刘雨生组织的。刘雨生比李月辉更熟悉本地情况。“刘雨生的互助组的八户人家和周围单干的家底，人口和田土，以至这些田土的丘名、亩级和产量，他都背得熟历历。他出生在这块地方，又在这里作了十六年的田。村里的每一块山场，每一丘田，每一条田塍的过去几十年的历史，他都清楚。他是清溪乡的一本活的田亩册。”“他为人和穆，本真，心地纯良，又吃得亏，村里的人，全都拥护他。”小说叙述，将要建社时，他也曾因担心堂客张桂贞离开而“心灰意冷”，不过接着出现一段类似《创业史》的文字——这在《山乡巨变》是很少见的。

“你是共产党员吗？”他的心里有个严厉的声音，责问自己：“入党时节的宣誓，你忘记了吗？”

开支部会时，听了邓秀梅的报告，刘雨生回到家里，困在床上，睁开眼睛，翻来复去，想了一通宵。一直到早晨，他的主意才打定。他想清了："不能落后，只许争先。不能在群众跟前，丢党的脸。家庭会散板，也顾不得了。"

从此以后，他就一心一意参加合作化运动，不再理会堂客的吵闹。张桂贞觉得家是空的，"心也是空的"，最终离他而去。一般来说，《山乡巨变》塑造清溪乡本地干部，除了存在诸多缺点的陈大春，很少直接写他们（比如李月辉）的"超越性"，但却较为关注刘雨生身上的新人萌芽。乡村干部在农业集体化实践中常常无法公私兼顾，面对这一难题，刘雨生选择以集体事业为先。群众会上符癞子受秋丝瓜挑拨，攻击刘雨生领导的互助组"天天扯皮"："自己枕边人都团结不好，还说要团结人家，团结个屁。"秋丝瓜、符癞子的思路是传统式的，即从小到大，从家到互助组再到合作社，齐家治国平天下，但在刘雨生这里，这个家并不是起点，需要改造这个家，才能摆脱困境。

李月辉是脱产的乡级干部，与农民的关系相对超然，而刘雨生则要直接面对各色人等、处理各种烦琐事务。《山乡巨变》试图在刘雨生身上呈现乡村干部必不可少的一项素质——"克己"。群众会上符癞子不断挑衅刘雨生，说若合作社"烂了场合"，社员只能卖堂客，这让陈大春愤怒不已。

"符贱庚，你这个家伙，这是人讲的话么？"陈大春弩（引者注：应作"憋"）一肚子的气，再也忍不住。

"我又没讲你，你争什么气？呵，你也和我一样，还是打单身，没得办社的老本。"符贱庚嬉皮笑脸地说着。

“你再讲混帐（引者注：应作‘账’）的话，老子打死你。”陈大春鼓起眼睛，右手捏个大拳头，往桌子上一摆。

“打？你敢！你称‘老子’，好，好，我要怕你这个鬼崽子，就不算人。”符癞子看见人多，晓得会有人劝架，也捏住拳头，准备抵抗。

这两位年轻人思想对立，经常发生矛盾。但刘雨生的处理方式则要冷静得多，他制止了二人的冲突，以互助组组员的荣誉感使陈大春反省自己的错误；而对符癞子，则唤起其阶级意识：“世界上有这种人，自己分明也是一根穷骨头，解放以前，跟我们一样，田无一合，土无一升，土改时，分了田土，房子……”以此使符癞子意识到不应甘受秋丝瓜的挑拨。

“国民党时代，他当过兵，你晓得么？”陈大春问符癞子。

“那倒是过去的事了，只是他现在也不图上进，”刘雨生说，“总是要计算人家，想一个人发财。”

“当初划他个中农，太便宜他了。”陈大春粗鲁地说。

“听信他的话，跟我们大家都吵翻，你犯得着吗？”

符癞子低下脑壳，一声不响。刘雨生的这些话所以打中了他的心窝，是因为句句是实情，又总是替他着想，而且，他的口气，跟大春的粗鲁的言辞比较起来，显得那样地温和。他心服了，没有什么要说的。

会上符癞子如此攻击刘雨生，戳其痛处，刘雨生嘴唇打战，泪花在眼里打转，但还是控制住了情绪。所谓“克己”，就是不仅不能发火，还应以温和恳切言辞打中对方“心窝”，替其着想；以德报怨，以理服人，而非以力服人，如此才能使其“心服”。“要人家服，只能说服，不能压服。压服的结果总是压而不服。以力服人是不行的。对付敌人可以这样，对付同志，对付朋友，绝不能用这个方法。”① 陈大春占理，却易冲动。同时也可以看到，陈大春爱“追根”，刘雨生则看表现。刘雨生对待符癞子的方式接近李月辉，但又更有原则性，不是简单以“和为贵”。

高级社成立后，刘雨生的责任更大了，不仅要负责这个九百人口大社的运转，还要处理各种日常琐事。

> 这时候，围上一大群妇女，都是陈家的左邻右舍，有的抱着孩子，有的拿着针线活，吵吵闹闹，对刘雨生提出各色各样的要求和问题。
>
> “社长，你说怎么办哪？我又丢了一只鸡。”
>
> “社长，我那里鸡婆生的哑巴子蛋，都给人偷了。偷的人我是晓得的。他会捞不到好死的，捡了我的蛋会烂手烂脚。社长，帮我整一整这个贼古子吧。”
>
> “刘社长，我们那个死不要脸的，昨天夜里又没有回来，找那个烂婊子去了。”

① 毛泽东：《在中国共产党全国宣传工作会议上的讲话》（一九五七年三月十二日），载《毛泽东选集》（第五卷），人民出版社1977年版，第415页。

之前是没有人找刘雨生处理这些杂事的，他代替了李月辉的部分职能，高级社正在向政社合一方向发展[①]，这体现了社员的信任。但刘雨生并不等同于传统乡绅，后者理论上负责教化百姓，其功能主要体现于以其名望解决纠纷上，并不管这些生活小事。

责任变大体现的是权力变大，被腐蚀的危险同样也变大，尤其是在传统人情伦理依然盛行的乡村社会，如何平衡其与革命原则的关系，进而坚守革命之“道”，对基层干部来说是极大考验。菊咬筋为形势所逼，无奈入社，但他入社又想找个“靠山”，于是拿了一对熏猪腰子和一条熏猪舌子，打算送给刘雨生。刘雨生当然不要，秉公无私的新会计盛学文以反话试探刘雨生：“社长你就收了吧。”“难得他有这一番敬意。”刘雨生反驳他：“你说的什么，你这个青年团员？共产党员大公无私，替人办事，连一杯水也不应该吃人家的。”菊咬筋深谙“人情客礼”，刘雨生未收他的熏肉，但他想到了盛佳秀，于是走到盛佳秀那里，盛佳秀高兴地收了。菊咬筋让她多在刘雨生跟前“方圆两句”。盛佳秀把熏肉做好，刘知道已经晚了，才拿起筷子，盛佳秀就开始给菊咬筋说好话了。在此，刘雨生显出极强的原则性，反复向盛佳秀讲道理：人要互助，但不能送礼，作为干部应注意群众影响。“我们党，从中央起，都是不兴接受人家礼物的。”“人家会说，这不又是地主和国民党老爷那一套来了？”事实

① “在合作社大量发展，特别是全乡合作化的地方产生了社、政不分的现象，一切工作都推到合作社干部身上去做，一切开支都要合作社包下来。”对此，邓子恢要求“明确社政分工”。参见邓子恢《一年来农业合作化运动的情况和今后工作》（一九五六年六月十九日在第一届全国人民代表大会第三次会议上的发言），载中华人民共和国国家农业委员会办公厅编《农业集体化重要文件汇编（1949—1957）》，中共中央党校出版社1981年版，第563页。

上，陈大春回来的功能之一，就是以其不可变通的刚性冲击有板结可能的乡村社会。

不同于陈大春，刘雨生懂得变通，并不忽视策略，表现之一是“话术”的使用。刘雨生能摸透谢庆元的脾性，为让他负责包耕，夸他是“老作家”。“几句米汤灌得谢庆元称心如意，对立的情绪马上消除了。”也就是针对谢庆元的“寒热病”，“相机设法融化他心里的冰块，激起他的工作的热情，比方现在吧，两个人就说得非常地合适，投机，刘雨生趁势和他一起商商量量，把社里功夫排得有条有理了”。刘雨生也会使用“经济学的措施”，比如让谢庆元上小学的大崽给社里看牛，每年能增加五百斤谷子的收入，这样就不愁学费了。这是刘雨生原先替他盘算的。另外就是同意他支钱救急。但刘雨生不是无限制迁就他，在做这些的时候会趁机教育他“不应该拿个人生活的解决当作为党工作的条件”“跳出个人的圈子”。“对刘雨生的田里功夫，谢庆元没看在眼里，但他的一心为社，对别人充分关心的这点，使他折服了。”对于单干的中农，刘雨生虽未放弃思想工作，但更多时候是给以形势压力。事实上，说服每一位农民甘心入社会造成巨大的人力浪费，实际也无法做到。菊咬筋、秋丝瓜最终入社就是迫于形势的。刘雨生告诫菊咬筋：“打开窗子讲亮话，在肥料方面，石灰方面，农药和新的农具方面，政府自然是先尽社里，这是国家的制度。……单干的路径会越走越窄。你是一个明白人，不会看不清。”秋丝瓜入社，群众看得很准：“形势所逼，他不得已，你以为他自己有了认识？”“不管如何，他也只好进步了。集体生产是大势所趋，人心所向，他一个人扳不住。”刘雨生以“革命队伍总是欢迎新来的人的”回应这些议论，让社员接纳他。

表现之二是将精神意志与物质鼓励结合起来。下卷的故事尽管发生于1956年春夏，但常青农业社的生产竞赛、动员妇女参加劳动以及劳动间歇唱歌娱乐，更多体现着写作时期的时代氛围。“双抢”（抢收抢种）时节劳动强度极大，单干户菊咬筋按照此地习俗准备了鱼虾肉蛋等吃食，常青社社员看到单干户能够“打牙祭”，没了干劲，盛淑君的山歌也失去效能。对此，李月辉一开始的主张是不迎合社员，动员积极分子，不要“打牙祭”。

“……社才成立，根基不厚。况且，今天的不打牙祭，是为了将来我们自己跟我们的子孙天天打牙祭，这里边是有哲学的。”李月辉愉快地说。

“在这样的场合里，哲学不作用。我决计说服她去。”刘雨生的口气和态度接近于严肃。

下卷虽然经常展现集体劳动的热闹场景，这些场景消除了盛淑君对于乡村“冷冷清清”的观感，但也并未因此将劳动浪漫化，相反，是相当写实地呈现了劳动的艰辛。所以，此处可能并非要显示刘雨生尊重本地习俗，而是意欲凸显，为防止“累塌”，高强度劳动下身体补充能量的必要。从这个角度看，社员们想“打牙祭”或许也不尽然皆出于口腹之欲。这个时候，哲学确实“不作用”，李月辉不再坚持己见，默认刘雨生去找盛佳秀借猪。“借猪”是下卷极为精彩的情节。刘雨生说了他的难题，盛佳秀当然不答应。此时刘雨生似乎也使用了一点“话术”，他说不肯就算了，然后转身就走。“听到他这声‘算了’，盛佳秀心里一动，脸上变了色。被人遗弃过的，有点旧的意识的妇女常常容易发生不祥的预感。”她本来想用这头猪，预备将来二人结婚的宴席。

> 盛佳秀赶到门边，两手扶住门框子，无力地望着他的渐渐隐入夜色里的迷糊的身影。她和刘雨生的分歧仅仅在这一点上：他是为了社，她是为了他们将要建立的新家。但是，她的负过伤的心，再也经不起任何波折了。她追出地坪，大声说道：
>
> “你回来呀，我们再商量一下。”

基于情感，而非觉悟，盛佳秀答应了，但是想不通社员们为何非要吃肉。

> “等将来社里富足了，大河里有水小河里满，岂独一只猪？我们什么都会有。”
>
> “将来我是晓得的。”盛佳秀忍住眼泪，仰起脸来说，“我只是不懂，他们为什么不能克制一点，非吃肉不行？”
>
> …………
>
> “爱吃肉，也不能算是大缺点。积古以来，就是圣人，也吃肉的。有天李槐老还告诉我说，孔夫子也爱吃肉呢，只是听人唱着歌，拉动胡琴子，就只顾尖起耳朵听，不想肉吃了。”刘雨生含着笑说。
>
> “他们也唱唱歌，拉拉胡琴，不行吗？”盛佳秀忙说。
>
> “不行。他们不象孔夫子。”

精神不能完全取代物质，此处显然可与“大跃进”时期单纯强调精神作用的文艺作品构成强有力对话。“他们不象孔夫子”，表面上好像是说，老百姓还不像“圣人”那样节制，以艺术升华自己[①]，但实际上也反映出，孔子之所以能专注于“韶乐”，恰是因为吃肉于他不再是问题。而投身于农业集体化的社员们不能只有唱歌、拉胡琴，也应有物质保障，这是社会主义按劳分配的应有之义。

尽管刘雨生注重“术”不离“道”，但也不可避免要遵守清溪乡正在形成的某种规则。比如为了给谢庆元救急，刘雨生想到上级拨了一笔救济款，“谢庆元当然可领，但这人情应该由支书来做”，刘雨生完全可以做主，但却让谢庆元去找支书。在刘雨生的“现实感觉”中，救济款给谁都是一个“人情”，而且这“人情”还得由支书来做。这也显示出一种悖论：科层制秉持理性化原则，理论上只看是否达到救济标准，但它落实于熟人社会，却易公私不分，似乎国家的救济款成了一个私相授受的“人情”。在人情世故这点上，刘雨生与陈大春还是有所不同的，后者身上潜藏着以某种原教旨理念挑战一切有形无形的不合理规则的冲动。

结语

陈大春曾在盛淑君面前自我剖析：“我不会说话，性子又躁；只想一抬脚，就进到了社会主义的社会，我恨那些落后分子，菊咬筋，

① 小说结尾，刘雨生婚礼，由于“如今不兴送礼”，李月辉建议送花。李月辉对着跑去摘花的谢庆元的背影说：“这个人是只爱吃肉的，如今晓得要花了。”

秋丝瓜，龚子元，李盛氏……”“落后分子”其实也包括他的父亲陈先晋，他厌恶父亲的落后，一度想搭个棚子单过。在向往社会主义这点上，李月辉、刘雨生与他并无不同，陈大春区别于他们的是那个扎眼的“恨”字（当然，对他来说，对落后分子的“恨”对应的是对社会主义的“爱”）。然而他所列举的那些“落后分子”，除了龚子元[①]，并非阶级敌人，因而这样一种情绪对于群众工作并无助益。解决“人民内部矛盾”，坚守原则的同时还应考虑乡村实情，不能止于“明乎礼义而陋乎知人心”[②]。如列宁所说，“一个共产党人如果不仅想做一个觉悟的、信仰坚定的、思想上的宣传家，而且想在革命中做一个群众的实际领导者”，那他就要学习面对分歧，以及“把对共产主义思想的无限忠诚同善于在实践中进行一切必要的妥协、机动、通融、迂回、退却等等的才干结合起来”。[③]所以回来之后的陈大春，除了以其坚定的理想信念制衡基层政权可能存在的复归陋习、淡化政治的趋向外，仍有锻炼成长的空间。

“‘群居终日，言不及义，好行小惠，难矣哉’。‘言不及义’就是言不及社会主义，不搞社会主义。搞农贷，发救济粮，依率计征，依法减免，兴修小型水利，打井开渠，深耕密植，合理施肥，推广新式步犁、水车、喷雾器、农药，等等，这些都是好事。但是不靠社会

---

① 龚子元一般被认为是符号性人物，缺少真实性。虽无法确定这个人物的原型，但当时类似龚子元经历的前国民党特务不在少数。重庆集中营许多恶贯满盈的特务、刽子手在重庆解放后逃亡各地，编造假身份落户农村，有一些甚至在当地被选为模范、后在肃反、人口普查等运动中陆续被抓，参见肖荣华《重庆集中营“四大元凶”落网记》，《党史纵横》2013年第10期。

② 陈鼓应注译：《庄子今注今译》，商务印书馆2016年版，第616页。

③ 列宁：《共产主义运动中的“左派”幼稚病》，载《列宁选集》（第四卷），人民出版社1972年版，第248—249页。

主义，只在小农经济基础上搞这一套，那就是对农民行小惠。这些好事跟总路线、社会主义联系起来，那就不同了，就不是小惠了。”①所谓“义”指的就是方向、道路。现实政策应体现社会主义应有之“义”，发展之“术”、治理之“术”不可须臾离“道”，如此才能“纲举目张”：“拿起纲，目才能张，纲就是主题。社会主义和资本主义的矛盾，并且逐步解决这个矛盾，这就是主题，就是纲。提起了这个纲，各项帮助农民的政治工作，经济工作，一切都有统属了。”②从这个角度说，懂人心的“好干部”李月辉若过于“心宽路远”、放任自流（悬置理想目标或将其推向未来），也有可能导致“礼乐”与“制度”的分化，也就是基于此的理政方法、政策措施客观上将产生去政治化的效果。

农业合作化背后的社会主义原则如何击穿传统乡村“积古以来”的生产生活方式和社会关系织就的厚障壁，在转化后者的基础上扎下根来、深入人心，从而使“山乡”发生真正意义上的“巨变”，是《山乡巨变》贯穿始终的主题。人格外在于乡村的陈大春，人格内在于乡村的李月辉，提供了两条不同的路径。而刘雨生在基层实践中，以其“克己”、无我、体贴人意的革命者的“修养”，道术合一，似走出了一条既坚守革命道义，又顾及乡村现实状况的切实之路，这条路也是梁生宝式“社会主义新人”的成长之路。也就是，不是陈大春那

① 毛泽东：《关于农业互助合作的两次谈话》（一九五三年十月、十一月），载中华人民共和国国家农业委员会办公厅编《农业集体化重要文件汇编（1949—1957）》，中共中央党校出版社1981年版，第199—200页。

② 毛泽东：《关于农业互助合作的两次谈话》（一九五三年十月、十一月），载中华人民共和国国家农业委员会办公厅编《农业集体化重要文件汇编（1949—1957）》，中共中央党校出版社1981年版，第200页。

般完全自上而下、自外而内看乡村，也不是李月辉倾向的自下而上、自内而外的本土主义，而是上下贯通、内外结合。

（原载《文艺理论与批评》2024 年第 4 期）

返乡文学青年如何回嵌乡土？

——20 世纪 60 年代初赵树理的相关创作与思考

写于 1966 年的《回忆历史 认识自己》，赵树理专辟一节“我与青年”，回顾他与文学青年和返乡中学毕业生两类青年的紧张关系：“过去我对一些有名利思想表现的青年非常敏感，具有深恶痛绝之意。文艺界每谈到发动青年创作，以培养接班人，我也感到重要，可是一遇到上述那些青年来信来稿的钻营乞怜之语，我便觉怒不可遏……”“（1957 年夏可为事件中）同情夏的人从各地来信百余封，对我兴师问罪。”“每逢青年请我讲创作方法，创作经验时，我往往都只讲学习政治、学习文艺、深入生活三个要素，而且劝其安心于业余化，听的人往往是乘兴而来，兴尽而返，对我讲得（引者注：应作‘的’）十分不满意。我接到他们的讽刺信甚多……”“（而对于农村中学毕业生）我对这些学生讲话，要讲大道理，他们听不进去，常是我讲我的，他们互相讲，他们的讲完了散会。”[①] 1957 年，赵树理以《中国青年》杂志的青年来信为素材，写成《“出路”杂谈》《“才”和

① 赵树理：《回忆历史 认识自己》（摘录），载董大中主编《赵树理全集》（第5卷），北岳文艺出版社2018年版，第420页。

“用”》两篇文章，劝知识青年安心农业生产，但发表后“引起过一些学生来信谩骂”[①]。

1962年至1963年，赵树理接连创作了两篇以返乡文学青年为主人公的问题小说——《互作鉴定》与《卖烟叶》[②]。返乡文学青年是以上两类青年的重叠，因此小说就包含两个维度：文学青年的创作道路与农村知识青年的未来出路。返乡文学（知识）青年如何回嵌乡土，怎样将此问题文学化，是赵树理及同时代作家需要直面的课题。

一、返乡文学青年的处境与赵树理的说理

20世纪60年代初，对于升学无望的农村籍中学生而言，回乡不再是需要动员的选择，而是必须接受的现实。相较此前号召中学毕业生返乡做“中国第一代有文化的新式农民”[③]以解决就业问题，此时期的城乡逆向流动更多是让作为劳动力蓄水池的乡村承载部分经济危机。“从一九五九年开始，一直到现在（引者注：1961年）……城市人口大量增加，从一九五七年的九千九百万人，增加到了现在的一亿三千万人”[④]，由此导致城市粮食供应紧张，可以说粮食问题是20世纪60年代初政策调整的轴心。粮食供应不足，只能逆城市化，动员

---

① 赵树理:《回忆历史 认识自己》（摘录），载董大中主编《赵树理全集》（第5卷），北岳文艺出版社2018年版，第421页。

② 参见赵树理《互作鉴定》《卖烟叶》，载董大中主编《赵树理全集》（第2卷），北岳文艺出版社2018年版，第406—463页（《互作鉴定》原载《人民文学》1962年第10期，《卖烟叶》原载《人民文学》1964年第1期、第3期）。本文引用皆出于此，不再一一标注。

③ 《关于中小学毕业生参加农业生产问题》（之二），《人民日报》1957年4月8日第2版。

④ 陈云:《动员城市人口下乡》（一九六一年五月三十一日），载中共中央文献研究室编《建国以来重要文献选编》（第十四册），中央文献出版社1997年版，第367页。

来自农村的员工回乡落户[1]，同时压缩学生数量，明确中学毕业生应当回乡。[2]此政策减少了商品粮人口，同时附带让“现代知识”回流乡村。返乡知识青年增加了农村劳动力，改变了乡村文化结构，也确实缓解了城市粮食危机。然而，农村知识青年固然不乏踊跃回乡的典型，但其大多数是被动返乡的。这就存在身心安顿的问题：他们在县城读书，接受了现代知识，城乡差别体验使其自尊又自卑，故留城意愿强烈；回乡后承受父母失望和乡村舆论的压力，且劳动又差，不免与环境格格不入。一般说来，学历越高越不安分。因此，初回乡的知识青年的心境，与怀着理想主义下乡建设新农村的城市知青完全不同。

赵树理即刻注意到，返乡学生中最不安分的是文学青年。《互作鉴定》《卖烟叶》告诉读者：痴迷创作的返乡文学青年，在作品中歌颂劳动恰是要摆脱劳动。不过，在说理之外，小说也呈现了敏感文学青年对立于环境的切身感受。《互作鉴定》中的刘正给县委会李书记写信，倾诉其在农村的艰难处境：“我情愿到县里去扫马路、送灰渣……做一切最吃苦的事。我什么报酬也不要，只要你能把我调离这个地方，就是救了我。”刘正描述了他在“黄蜂窝”式的冷漠环境中时时“受气”的情况，如他因某次出工埋头写诗，只挣了一厘工分，而被讽刺为“一厘诗人”。刘正把其他的功夫放在作诗上，写诗时“像刚做过梦一样”的精神状态成为村中笑谈。叙事人显然是要教

---

① 参见《中共中央关于精减职工工作若干问题的通知》（一九六一年六月二十八日），载中共中央文献研究室编《建国以来重要文献选编》（第十四册），中央文献出版社1997年版，第505页。

② 参见《中共中央批转中央文教小组〈关于一九六一年和今后一个时期文化教育工作安排的报告〉》（一九六一年二月七日），载中共中央文献研究室编《建国以来重要文献选编》（第十四册），中央文献出版社1997年版，第173页。

育那些看不起农业生产且习得了文学青年做派的中学毕业生，转换角色，安心劳动。如此引导正是时代所需，但返乡文学青年如何真心觉悟、乡村与文艺如何联结，作品并未触及，嘲讽式说理也未能打通“刘正”的思想。刘正刚回村后的精神危机，小说没有正面呈现，但马烽笔下韩梅梅的遭遇可作参照。韩梅梅毕业回乡后受到父母责备，当了饲养员又引起村民围观。①韩梅梅初回农村的经历应有相当的普遍性，写诗而又精神恍惚的刘正更免不了被“看稀奇”吧。相较脑体差别，刘正似更无法忍受乡村环境，这是其意欲“逃离”的重要原因，然而正如韩梅梅成功回嵌乡土所揭示的，这一切也不是没有转化契机。

《卖烟叶》中的贾鸿年高中时耽于创作没考上大学，他曾计划以前任大队长为原型创作四部长篇小说，回乡后一度“收其放心”：“他和其他考大学没有被取上的同学们一样表示过要回家参加农业生产，做一个有文化有知识的劳动人民，可是一回到村子里，有了和那位前任大队长长期接触的机会，又唤起了他重新修改那本长篇小说的念头。”贾鸿年误工写小说，通过对老队长过去生活细节的究根追底，完成了小说第一部的修改，并寄希望于书稿改变命运。当作家是贾鸿年学生时代即有的“理想”，这说明其不安心劳动并非仅源于旧思想影响。②实际上贾鸿年对父亲的投机小买卖并不感兴趣，他想通过创作进入文艺体制，热衷创作也更多来自体制内文化人的示范，或

① 参见马烽《韩梅梅》，《人民文学》1954年第9期。

② 追述《互作鉴定》创作缘起时，赵树理谈到不切实际想当作家的理想是受了旧思想影响，参见赵树理《在北京市业余作者短篇小说创作座谈会上的发言》（一九六二年十月二十二日、二十三日），载董大中主编《赵树理全集》（第4卷），北岳文艺出版社2018年版，第521页。

许正是李老师的生活让他看到一条不同于农业劳动的人生路。[①]贾鸿年的那些“趣味”、丧失农家子弟的朴实而学会的各种“伪”（赵树理1941年就批评过见什么人说什么话的“文化市侩”[②]），说明存在落后家庭之外的形塑“个人”的环境。

这些返乡文学青年如何回嵌乡土进而自我实现？叙事人跳过了如何将文艺或知识与乡村相联结的中介环节，直接诉诸“反正总得有个人做”的理论。回乡中学生李耀华反驳刘正：“你不愿意拉大锯，大锯还是得有人拉，为什么别人就不怕拉‘一辈子’哩？”《卖烟叶》中的王兰高中休学一年不想复学，因为生产队只有两个助学金名额，“我要了别人就得不着了”，“反正总要有得不着的哩”。“年关节日大扫除，布置会场，做脏活、重活常是她带头——有人为她鸣不平，她便要说‘反正总得有个人做’。”这一说理契合社会主义教育运动中的自我牺牲精神，但也带有顺从既定安排的命定论色彩。赵树理也曾想到自己当年不安心生产学习苦寻“出路”的经历[③]，不过他认为“今天已经不存在‘出路’的问题了”[④]，只要参加社会主义生产就是光荣的。也因此，叙事人实际上暂时搁置了返乡文学青年的创作要求。

在此前的夏可为事件中，赵树理严厉批评了夏可为不安心学业，通过“不恰当的门路”求指点求发表的行为，并指出他想当作家的

---

① 贾鸿年想进入“体制内”而非重复父辈生活，参见张高领《“通时合变”的危机——〈卖烟叶〉与赵树理农村知青想象的“终结”》，《成都大学学报》（社会科学版）2021年第4期。

② 参见赵树理《“应对如流”》，载董大中主编《赵树理全集》（第5卷），北岳文艺出版社2018年版，第168页。

③ 参见赵树理《谈课余和业余的文艺创作问题——答青年文艺爱好者的来信》，载赵树理《三复集》，作家出版社1960年版，第85—86页。

④ 赵树理：《“出路”杂谈》，载赵树理《三复集》，作家出版社1960年版，第114页。

“幻想”不切实际。[①]赵树理的言论引发不少人写信指责他“打击青年”，并质问“你难道生来就是作家吗”，淮阴中学一位学生抗议道“我们有远大的理想。我们不愿像拉磨子的牲畜一样活在人世界”，赵树理的回应较为情绪化，他将夏定位为“名利熏心的人”，同时要求淮阴中学那名学生“甘心为人民拉磨”，“这位同学的远大理想和卓越志尚是从学生一变而为‘不拉磨的作家’，把社会主义之磨让给他以为甘心愿像牲畜一样的劳动人民去拉，这真是地道的剥削阶级思想，成了功也不过是刘绍棠第二”。[②]这个批评击中要害，这位同学的“远大理想”建立在蔑视劳动的基础上，按照“反正总得有个人做”的理论，你不拉磨，别人就得拉。刘绍棠的教训殷鉴不远。[③]发表此回应的《文艺学习》站在赵树理的立场上：“对赵树理同志文章的不同意见，实际上反映着在青年的学习和文艺创作问题上无产阶级正确观点和资产阶级错误观点的斗争。”[④]

而要甘于拉磨，则不能利用差别搞名利。赵树理承认农村青年去城市就业的合法性，但“合法固然合法，只是想用这种办法来消灭生活方面的差别是不会有效的”，这“不是为了消灭差别而是利用差别来找空子钻”。[⑤]将跨越差别的努力置于不道德的境地，显示出赵树理无法共情于返乡知识青年的价值实现焦虑：“我当作家你理发，我

---

① 参见赵树理《不要这样多的幻想吧？——答长沙地质学校夏可为同学的信》，《文艺学习》1957年第5期。

② 参见赵树理《青年与创作——答为夏可为鸣不平者》，载赵树理《三复集》，作家出版社1960年版，第123—133页。

③ 参见本报评论员《从刘绍棠的堕落吸取教训》，《人民日报》1957年10月17日第7版。

④ 《〈赵树理“青年与创作”一文发表以后〉“编者按”》，《文艺学习》1957年第12期。

⑤ 参见赵树理《“出路”杂谈》，载赵树理《三复集》，作家出版社1960年版，第116页。

的头发长了请你理，我写出小说来供你读，难道不是合理的社会分工吗？”[①] 此理估计难令返乡青年心服吧。“远大理想”是基于社会主义信念还是出于私利固然难以确定，但仅要求青年做本分的螺丝钉也会“给整个社会注入一种保守的因素”[②]。返乡文学青年的不安分让赵树理愤怒，他的说理立足于以发展解决差别问题，义高论正，但未能有效应对年轻人的当下诉求。

二、文学青年创作热

1960年，赵树理曾写信教导返乡知青杨一明安心劳动，后者觉得回乡后“文也文不得，武也武不得”。[③] 此信可与《卖烟叶》互文阅读。但对返乡文学青年来说，还有一个创作问题：既然培养青年作者是文艺界的战略任务，青年创作合法且被鼓励，那么返乡文学青年若不放弃写作，其前途何在，如何做到“能文能武”、既劳动又创作[④]？

返乡文学青年的作家梦内在于20世纪50年代以来的青年创作热。1949年之后文艺界高度重视培养青年作者[⑤]，不少青年也试图依靠创作摆脱体力劳动转为专业作家。在此背景下，一些在学校、工

---

① 赵树理:《愿你决心做一个劳动者》，载赵树理《三复集》，作家出版社1960年版，第110页。

② 张书群整理:《“80年代”文学：历史对话的可能性——“路遥与‘80年代’文学的展开”国际学术研讨会纪要》,《文艺争鸣》2011年第16期。

③ 参见赵树理《不应该从“差别”中寻找个人名利——与杨一明同志谈理想和志愿》,《中国青年》1960年第16期。

④ 返乡文学青年形象在20世纪80年代仍能看到，如王安忆《小鲍庄》中的乡村作家鲍仁文，他有着与贾鸿年一样的创作方式。

⑤ 如两次“青创会”（1956年“全国青年文学创作者会议”、1965年“全国青年业余文学创作积极分子大会”）的召开。

厂、农村不安心学习、工作的知识青年开始加入业余创作组或在家硬写，以实现作家梦。[1] 这些文学青年将稿件寄往全国各文学刊物，通常还会附信告知自己的创作计划，希望编辑刊发[2]；或给著名作家写信请求指导或推荐发表[3]。夏可为事件中，《文艺学习》收到不少来信诉说夏可为式的创作经历。浙江诸暨枫桥卫生所陈浩伟说："我是一个夏可为型的青年，特别爱好写作，立下了将来做新闻记者、文学家的愿望。在淮河水利学校时，写了十多篇散文、小说、诗歌等投稿于各报刊，都未获刊登。……我想，在这个学校学习下去，我的理想再也无法实现了，因此坚决退学回家开始我专门的'文艺生活'。"[4] 后来他找乡亲回忆浙东游击队历史，创作革命历史小说，一篇也没有成功。徽州师范的柳石说，他的一位同学一心只想当作家，"我劝他好好学习，他却说：'什么人都没有当作家快活，东跑西跑，拿了稿费有得花，并且谁也尊敬他。'生活中像这样狂妄、利欲薰（引者注：应作'熏'）心的想成作家的青年还少吗"；中国人民大学历史系的伊春说，班里一个团员，"自习时间也看小说、写作，一个月内收到的退稿信竟达十封之多，每接到退稿信总是破口大骂编辑部"；江苏大中集的许涛说，"在我们青年中，有许多夏可为，也就是说，有许多人

① 对夏可为事件及20世纪50年代文学青年的讨论，详见牛菡《文学青年与作为职业的文学——从1957年"夏可为的来信"出发》，《北京社会科学》2018年第9期。

② 如文学青年徐某三个月内给《人民文学》寄去三首长诗，共八百多行，他在附信中要求编辑部"无论如何要在今年刊出"，并表达了自己"火焰般写诗的热情"。公木回复他所谓"扑不灭的创作的热焰"，不过是追名逐利的一种"虚火"，要求刊出更是缺少自知之明了，参见公木《这样是否浪费青春？》，《人民文学》1957年第10期。

③ 有的作家也会回信劝导，如老舍给一位"学造耐火砖的"文学青年的回信。此信反映了当时文学界的普遍态度，参见老舍《答某青年》，《人民文学》1958年第2期。

④ 《赵树理"青年与创作"一文发表以后》，《文艺学习》1957年第12期。

在学校里不安心学习，在工作岗位上不安心工作，过早地幻想自己成为作家”。①

青年热衷创作亦与作家这一职业的吸引力有关。受益于工资制与稿酬制，1949年之后文艺工作者不仅社会地位高，而且属于高收入群体。

《卖烟叶》中贾鸿年把书稿寄给出版社，“日日夜夜地设想不久便要一鸣惊人的前景——像接到书，领到稿费，书送大队一本、公社一本、李老师一本、王兰一本，以及稿费如何开支等等”。小说此处突出了贾鸿年的名利思想，但贾鸿年其实有热爱文学的一面，其文学才华也得到了李老师和王兰认可，创作动机并不完全是金钱，相反，甚至有超功利的一面，不过他显然意识到了作品发表后的名利双收：

> （贾父埋怨贾鸿年在家啃老：）“白供你念了一阵子书！自己不能赚钱，又要花我的钱，可又看不起钱！我养活你叫作什么呀？”“你要知道人到世上不光要活个钱呀！”“你写来写去究竟写些什么高超的东西我也不懂，可是照你这样写下去，钱还得花我的呀！”“就专以钱说，也要比你卖那点死驴肉弄得多！”“你胡吹！谁管给你钱？”贾鸿年想：“这老人家既然只懂得钱，就只给他谈谈钱的方面吧！”他便把如何投稿、如何算稿费的规定说了一番。他父亲听了半信半疑，和他舅舅在集上谈论过一回这事，可巧有他村里人听见了，回来就传说他写的这本书至少能卖一千块钱。

① 参见《赵树理“青年与创作”一文发表以后》，《文艺学习》1957年第12期。

按照20世纪60年代初的稿酬标准，贾鸿年这部十万多字的书稿若真能出版，稿费确实至少1000元。而1956年山西农民的平均年收入是65元[①]，即使到了1963年，平均年收入也超不过100元，因此这1000元相当于一个山西农民十多年的收入。这让贾父震惊。实际上钻营小买卖的贾父连倒腾烟叶的100元本钱都凑不齐，而业余作家李老师则能轻松拿出几百块钱借给贾鸿年。创作—出版在贾父口中不过是“卖”——“卖”字凸显了商品性，这是贾鸿年要遮蔽的，他的创作有自我实现的目的，想以之摆脱农业劳动过上一种优雅生活，但这一生活方式需要钱来营造。

因此贾鸿年不得不考虑钱，说书人揭下了他的假面。贾鸿年为买邻居房子的计划辩护：“至于咱们扩充房子为的是改良创作环境。创作不是自私自利，而是为人民而创作——也就是为了‘以共产主义精神教育人民’……”但实际上他另有憧憬：“南边通外边的大门，除了运煤运水之外，经常可以不开，也就是陶渊明所谓‘门虽设而常关’的意思。我们住到西房里，西楼就是我们的书斋。这楼是三面开窗，视界很广，远处的流水高山，近处的绿槐庭院，随时都可以供我们以诗情画意。你试想：到了夏秋之际的月朗风清之夜，我们靠着岸边的短墙设个座儿，浸润在融融的月光和隐隐的飞露中，望着淡淡的远山，听着潺潺的流水，该是多么有益于我们的创作心境哩！”赵树理1936年曾欢呼“雅”的“末运”：“士大夫们的雅化境，只好让从前的士大夫独步了吧！我们既不生于当时，又非此家子弟，愧不能接

① 参见谭震林《关于我国农民收入情况和生活水平的初步研究》，《人民日报》1957年5月5日第3版。

受那种优美的文化遗产，让我们牺牲一点清福先来应付一下时代的俗务。俗务中需要的是‘热’——每一个刺激来了都给它一个适当的反应，感觉灵敏的要负责传达刺激之责，使自己感到刺激，别人也能感到。”[①] 士大夫审美、静态的雅化生活再现于贾鸿年的意识，它代替了革命青年的“热”。[②] 值得注意的是，贾鸿年的个人生活趣味是以国画的形式展示给王兰的（他跟李老师学过国画）；而此前《三里湾》中的三幅油画展望的却是集体的未来，二者的“风景”迥然有别。

贾鸿年的个人主义思想，让王兰和周天霞对文学爱好产生疑惑。周天霞问：“你和他是从爱好文学上接近起来的。是不是一个人爱好了文学就会变成个人主义者？我和你也都爱好文学，以后还敢不敢爱好下去呢？”王兰也问过李老师：“是不是爱好写作的人都是为名为利呢？”李老师回答：“各行各业都一样，抱着个人目的做什么事也是为名为利，抱着人人为我、我为人人的共产主义目的做什么事也是为共产主义。”王兰最后认识道：“我们为什么不敢爱好文学呢？当了社会主义建设者，以后不是正有了写的了吗？”显然，这些对话中隐含着作者对返乡文学青年创作的引导。

三、业余创作与移风易俗

爱好文学并不必然滋生个人主义，但文艺界的理性化倾向还是

---

① 赵树理：《“雅”的末运》，载董大中主编《赵树理全集》（第5卷），北岳文艺出版社2018年版，第25页。

② 有研究者认为，贾鸿年是想在农村内部过上一种城镇化生活，参见杨天舒《“返乡”与“进城”——赵树理60年代小说的城乡书写》，《西南民族大学学报》（人文社科版）2017年第9期。

让赵树理忧虑："文艺这一行，在某一个阶段（特别是革命取得政权之后）说得过火一点，可以叫作'名利行'。"[①] 对此，赵树理一直是警惕的："一九五三年调作家协会后，我便提出我那调整双重待遇问题的建议，如主张取消版税，稿费制可以再评，否则连现有的供给也不应领。"[②] 大概是鉴于此，赵树理特别看重青年作者的创作动机，对其汲汲于名利的行为"怒不可遏"。赵树理曾反复陈说：业余作者若写得好，可以脱产成为专业作家。但1957年的夏可为事件动摇了这个观点，"从那时（记不得哪一年）我对于作家应否专业化开始怀疑，以后便肯定了不应有专业化的想法，并请示过转业，未被批准"[③]。赵树理曾申请过转业，值得注意，但转业应不是告别创作。这是因为赵树理认为从事具体工作更有利于创作，业余作家具有身处生活之中（无须专门去"深入生活"）的优势。1962年大连农村题材短篇小说创作座谈会，赵树理谈及青年作家培养问题："今后的作家主要靠什么方式选拔出来？青年作者主要来源是什么，这在我是一个谜。有些青年来信怎么回？"[④] 未来作家是靠自然成长还是专门培养，赵树理较为犹疑："我收到很多青年作者的信，想做作家，要求告诉方法。……真正把那些来信中的好作者，挑四分之一二，训练七八年，恐怕也很成个队伍了。恐怕

① 赵树理：《回忆历史 认识自己》，载董大中主编《赵树理全集》（第5卷），北岳文艺出版社2018年版，第420页。

② 赵树理：《回忆历史 认识自己》，载董大中主编《赵树理全集》（第5卷），北岳文艺出版社2018年版，第413页。

③ 赵树理：《回忆历史 认识自己》，载董大中主编《赵树理全集》（第5卷），北岳文艺出版社2018年版，第420页。

④ 赵树理：《在大连"农村题材短篇小说创作座谈会"上的发言》，载董大中主编《赵树理全集》（第4卷），北岳文艺出版社2018年版，第514页。

不能这样办，但也兴许可能。为了当作家而产生神经病的，总会有这样的人，在全国说来恐怕也是浪费人力的事。用什么办法培养作家，我也想了二年多的办法，但结论还是糊涂。寄希望于我们大家来研究。”①

1964 年，中宣部关于文联和作协的报告称“作家协会总会会员的平均年龄在四十五岁以上，三十岁到四十岁的人很少，三十岁以下的人几乎没有”，中宣部认为，文联、作协除了整风，还应“大力培养青年作家艺术家，把培养新生力量看作是建设社会主义文艺的关键”。② 如何培养不重蹈覆辙的新生力量，赵树理思考的结果仍是倾向于作家不再专业化，除了他认为业余作家有生活优势外，另一原因是这样可斩断业余—专业间的名利阶梯，革“名利行”之命。

正因此，赵树理才无法容忍刘正、贾鸿年创作的专业化企图。业余创作其实是要求劳动者与创作者合一，首先是劳动者，然后才是创作者，这类似茅盾 1958 年的看法，即文艺起源于劳动，群众创作使文艺回到了老家③，也与毛泽东 1942 年认为未来作家将从劳动人民中

---

① 赵树理:《在大连“农村题材短篇小说创作座谈会”上的发言》，载董大中主编《赵树理全集》(第4卷)，北岳文艺出版社2018年版，第515页。

② 参见《中共中央转发毛泽东对〈关于全国文联和各协会整风情况的报告〉及一则提拔新生力量的报道的批示》(一九六四年七月十一日)，载中共中央文献研究室编《建国以来重要文献选编》(第十九册)，中央文献出版社1997年版，第11—13页。

③ 参见茅盾《文艺和劳动相结合——在长春市文艺界大会上的讲话》，《文艺报》1958年第18期。

产生的观点一致[1]。创作植根于生活，乃劳动之余事[2]，不是刘正那般硬写，更不是贾鸿年二手材料加抽象理念的“盯梢”式写作[3]。所以业余创作真正落地生根，必须以单轨制为基础，否则就会像“两种教育制度”“两种劳动制度”那样面临实践难题。阻断以社会分工形式表现出来的劳动与文艺的分化，必须彻底业余化——这似乎是反“现代”的，但在赵树理看来，这有助于返乡文学青年重建与农民、农村的情感联结。

返乡文学青年若继续写作，赵树理在一些文章中也设想过其用武之地：其一，加入群众创作，不以专业文学期刊发表为目的，把文艺留在农村为生产服务。“有好多参加农业社的青年知识分子给我来信说，他们立志要当个作家，我不同意。农业社可以产生作家，只是把当作家放在第一位，而生产就成了‘业余’。农业社参加的这种人多了，也许会把社变成了小的作家协会，只是不容易把社办成个模范社。”[4]1958年的群众创作或许让他看到一种可能，“不要把群众引导到专为入选（文学刊物）而创作的道路上去，否则会弄成只有刊物编

① 毛泽东：《文艺工作者要同工农兵相结合》（一九四二年五月二十八日），载中共中央文献研究室编《毛泽东文艺论集》，中央文献出版社2002年版，第93页。

② 赵树理说的“生活”一般特指生产劳动。《卖烟叶》手稿第一节“她也想写作”，写王兰想以她与贾鸿年的交往为素材创作一部中篇小说，但发表版完全删去了这一节。原因可能在于，王兰的写作计划会给人以不参加生产劳动也能创作的印象。夏可为事件中，一些青年反驳缺乏生活基础指责的论据就是他们有学校生活。《卖烟叶》手稿与发表版差异巨大，手稿参见《赵树理手稿》，中国工人出版社2019年版，第79—207页。

③ 赵树理1962年曾批评过事无巨细访求细节的“盯梢”式写作，他认为写劳模就要与其一起共事，成为熟人才能了解其人；要做生活的主人，而不是对生活进行采访；参见赵树理《作家要在生活中做主人》，载董大中主编《赵树理全集》（第4卷），北岳文艺出版社2018年版，第553—554页。

④ 赵树理：《愿你决心做一个劳动者》，载赵树理《三复集》，作家出版社1960年版，第112页。

辑部的桌子上繁荣，而街头，墙头，俱乐部反而变得冷落起来”，“把写作的目的仅仅缩小到‘发表在刊物上’，只是‘一部分’知识分子的错误观念”，未来的人民公社、生产队应有自己的文娱刊物、文艺场所和文艺团体。[①] 其时，一些人民公社就兴办过一种红专艺术学校，培养自己的文工团。[②] 20 世纪 60 年代初，赵树理延续了群众创作的某些思路，对“名利行”持较为激进的变革态度。这样的设想若付诸实践，民间—地方文艺及基层俱乐部、群艺馆、文化馆系统就将代替文人创作和作协起到更大作用。

其二，发挥文化优势，移风易俗。赵树理没有塑造出新青年典范，但当时的《中国青年》在推宣新人方面卓有成效，《中国青年》让先进分子现身说法，以其经历感染青年；也有一些作品讲述返乡知青在农村的文化实践故事，如吉学沛的《四个读书人》[③]。这篇小说同样采用了“讲新故事”的说书体，但形式上比《卖烟叶》成功，作品中的四个返乡中学生以“新故事”争夺文化阵地，她们苦练说书技巧，最终战胜了村里的旧说书人，其革命化春联也挤走了旧文化人书写的内含封建思想的旧春联。移风易俗、破“四旧”，农村依然是新旧文化的战场，返乡文艺青年在这方面大有可为。赵树理 1963 年发现农村政策收缩后落后现象的死灰复燃，尤其注意到一些青年的复旧：

---

① 参见赵树理《群众创作的真繁荣》，载赵树理《三复集》，作家出版社1960年版，第22—25页，。

② 参见钟牧《一所农民办的艺术学院——访商丘县郭村乡新华人民公社青年红专艺术学院》，《文艺报》1958年第22期。

③ 参见吉学沛《四个读书人》，《长江文艺》1964年第9期。

牛鬼蛇神又抬头了。有求于算卦先生者，绝不会是为了集体。一个大队长去老爷庙烧香，绝不会是为了增加生产。青年同志应该革命。在“五四”时期城市知识青年当中已经革了命了，现在的农村青年仍有不少需要革的东西。如死了人，青年仍要请阴阳先生，不请阴阳先生的很少。……农村青年不通过父母结婚的是不多的。所以我主张青年革一点命，在农村是实在需要的。……老文化人不多了，但仍有一些，起作用也不小。如有算命先生来了，人们问老文化人，老文化人说行，人们对算命先生就很相信，阴阳先生活动就随便了。农村青年不革命是不行的，农村太平静了是不好的。我们的写作者下去应该协助地方上干这些事。①

赵树理还谈到一些返乡学生的科学知识，被落后习俗淹没，投降了旧文化。② 这与他1941年观察到的熟读“雨的成因”的青年，天旱了仍去龙王庙求雨的现象是相同的。③ 赵树理呼吁农村青年“革一点命”，他对刘正、贾鸿年这样的在地写作者致力于移风易俗是有期待的，如1936年那样希冀他们用实际行动带领农村“小伙子”摆脱家族及旧

---

① 赵树理：《农村中两条道路斗争的问题——在中国作家协会山西分会第一次会员代表大会上的讲话》（一九六三年十一月十一日），载董大中主编《赵树理全集》（第4卷），北岳文艺出版社2018年版，第604页。

② 赵树理还强调了农村阶级斗争的严重性：“现在（1963年）仍然有破产的人，晋东南有一家把三间楼房卖给了富农分子，这楼房是这个富农分子被斗分给贫农的，富农分子的钱又是贪污得来的。”参见赵树理《农村中两条道路斗争的问题——在中国作家协会山西分会第一次会员代表大会上的讲话》，载董大中主编《赵树理全集》（第4卷），北岳文艺出版社2018年版，第603页。

③ 参见赵树理《“应对如流”》，载董大中主编《赵树理全集》（第5卷），北岳文艺出版社2018年版，第168—169页。

文化影响。[1] 返乡文学青年只有把自己变成行动的革命者，才能推动农村移风易俗、革命化。

四、科学种田与新农村建设

创作乃是时间上不与劳动相冲突的“余事”，赵树理的这一定位意味着返乡文学青年也能转变为沉稳的实干家，而且可以下沉、切事、及物、回嵌乡土成为坚实的劳动者，而下沉等的过程恰孕育着真正创作的萌芽。赵树理尽管取消了出路问题，但还是给返乡文学青年指出了另一努力方向，即参与集体组织的经营管理，利用文化优势协助农民改进农业技术、科学种田。[2] 由于公社体制更有力量开展新农村建设，1960 年之后返乡文学（知识）青年回嵌乡土之路实际上较之前更为宽阔。赵树理虽未塑造出令人印象深刻的新青年形象，但他显然注意到现代知识回流农村，为农村的文化革命和技术革命创造了条件。

20 世纪 60 年代初的城乡逆向流动改变了知识青年的人生轨道，但却给新农村建设提供了智力支持。现代社会无不是从乡村抽取人才的，受了新式教育的青年急于离开乡村，无意回馈乡土。费孝通 20 世纪 40 年代末即注意到“回不了家的乡村子弟”既回不了农村，又无法在城市找到工作的窘境：

① 参见赵树理《文化与小伙子》，载董大中主编《赵树理全集》（第5卷），北岳文艺出版社2018年版，第22页。

② 参见赵树理《“出路”杂谈》，载赵树理《三复集》，作家出版社1960年版，第119页。

> 乡土培植出来的人已不复为乡土所用，这是目前很清楚的现象。今年暑假很多毕业生找不到职业，在一次“欢送会”里很不欢地谈到了这青年失业问题。有一位老师劝这些青年回乡去，在原则上是能说服他们的，但是他们几乎一致地说：“我们已经回不了家了。”结果我还没有知道有哪个回了去的，他们依旧挤在人浮于事的都市里，甚至有靠朋友接济过日子的。①

在费孝通看来，现代社会的大学并不是为乡土社区造人才的。毕业的乡村子弟理解这位老师的说教，但仍不愿回乡，原因就在于回去可能与乡土社会格格不入且无用武之地：“乡间的传统正待改良。新知识正是改良的方案。但是一个乡间出来的学生学得了一些新知识，却找不到一条桥可以把这套知识应用到乡间去；如果这条桥不能造就，现代的教育，从乡土社会论，是悬空了的，不切实的。乡间把子弟送了出来受教育，结果连人都收不回。”② 回不去的乡村子弟自然不能利用新知识去改良传统社会，于是挤在城里变成了费孝通所说的寄生阶层。

根本原因在于，“现代知识”是现代陌生人社会的知识，除非传统熟人社会进行现代转型，“现代知识”及其主体在此过程中可通过在地化调适发挥作用，否则就将面临尴尬处境。赵树理遭遇了与这位教师一样的说理困境，但20世纪60年代初的社会主义中国已具备了知识青年建设新农村的现实条件。这不仅体现在将“下乡上山”看

① 费孝通：《乡土中国 乡土重建》，生活・读书・新知三联书店2021年版，第188页。《乡土中国》系由费孝通20世纪40年代末于西南联大、云南大学讲课内容整理、结集而成。

② 费孝通：《乡土中国 乡土重建》，生活・读书・新知三联书店2021年版，第189页。

作移风易俗的革命行动赋予其理想主义的崇高感[①]，更体现在造“桥”为知识青年提供了发挥文化技术优势的舞台。当然，“桥”之多寡存在地域差异。“桥”少的地区可能会让返乡或下乡的知识青年大失所望；而在条件较好的农村，知识青年经过劳动锻炼，除了做会计、记工员、民办教师、乡医，还可与农技员一道推广科学种田，改良土壤，改进农具，参与农田水利建设[②]。“现代知识”与“经验知识”相结合，在实践中生成一种新知识，新知识形塑新的人[③]；而受到群众信任又有管理能力的新人，则会被选举为生产队长甚至公社干部。在实践中做出成绩，获得成就感，比生硬说理更有效。这些实践也是一种价值实现或上升渠道。农业集体化实践下全面铺开的新农村建设搭建了一条联结知识青年与乡村社会的桥。

20世纪60年代初，返乡知识青年“三大运动”（生产斗争、阶级斗争、科学实验），尤其是技术革新、兴修水利，以土洋结合方法育种选种、生物灭虫、改良土壤方面的事迹，经常见诸《人民日报》和《中国青年》[④]。相关文艺作品亦不少。马烽的《我们村里的年轻人》中返乡知识青年与村里的优秀青年一起，劈山引水、建设乡村发电

① 参见《知识青年下乡上山是移风易俗的革命行动》，《人民日报》1964年3月20日第1版。

② 社会主义中国的科学种田及知识青年在其中发挥的作用，参见舒喜乐《红色革命，绿色革命——社会主义中国的科学种田》（Sigrid Schmalzer, *Red Revolution, Green Revolution: Scientific Farming in Socialist China*, Chicago: University of Chicago Press, 2016, pp. 155—205）。

③ 关于返乡知青“知识重塑”及其与“文学生产”关系的深入论述，参见张高领《“知识”重塑与文学生产——当代农村知青题材小说研究（1949—1966）》，博士学位论文，华东师范大学，2021年。

④ 参见浦锦文《农村落户五年散记》，《中国青年》1962年第12—14期。

站[①]；刘澍德的《归家》中回乡大学生以所学农业知识治理盐碱地[②]。浩然这方面的作品就更多了：申请回乡安家落户的知识青年夫妇，立志支援农业第一线，在村里推广新式农具，成立化肥试制小组；要做"有学问的农民"的队长女儿，当过会计和民办教师，还领导了技术革新；中学毕业回乡做新式农民的幼松，曾参加专署的水利训练班，参与水库的选址和建设；回乡后的彩云积极向老农学习农活，扎下根后，当了村俱乐部剧团导演和高小教师。[③]尽管这些小说可能忽视了难度，过于乐观透明，但也从侧面显示出农村大有可为、"第一代有文化的农民"正一点一滴改变乡村的一面。可以看到，新农村出现了新风景，新风景孕育着新的人与人之间的关系。周立波的《新客》，与"新景"交融的，是年轻人爱情婚姻观的"新情"。[④]

当然，新风景需要内在化。《朝阳沟》中的银环作为城市青年去农村，很大程度上是因为难舍与栓宝的感情，如果她在农村永是体力劳动，缺少施展文化知识的渠道，《中国青年》上那些现身说法也无法使其身心安顿吧[⑤]，长此以往栓宝亦可能动摇；所以老支书以未来农村的机械化、工业化需要文化知识劝慰银环，是很恰当的[⑥]。这也意

① 参见马烽《我们村里的年轻人》，《火花》1958年第10—11期、1960年第12期、1961年第1期。

② 参见刘澍德《归家》，上海文艺出版社1963年版。

③ 参见浩然《婚礼》，载浩然《珍珠》，百花文艺出版社1962年版，第104—110页；《队长的女儿》，《北京文艺》1961年第1期；《蜜月》，《新港》1961年第12期；《茁壮的幼苗》，《河北文学》1961年第4期。

④ 参见周立波《新客》，《人民文学》1964年第2期。

⑤ 参见李娜《历史中的"小"与"大"——〈朝阳沟〉如何回应青年思想改造问题》，《文学评论》2020年第3期。

⑥ 1964年版的《朝阳沟》中，银环的目标是成为农业科学家，参见杨兰春《朝阳沟》，中国戏剧出版社1964年版，第55页。

味着，现代知识回流乡村，实现乡村与知识青年的双向改造，是以农业集体化实践和独特的乡村工业化前景为前提的，一旦缺少连通乡村与现代知识之“桥”，或这个前提变动，银环就会不安，高加林就会躁动。

结语

面对返乡文学青年如何回嵌乡土的难题，赵树理最后两篇小说主要诉诸道德劝诫式说理，而不是像《我们村里的年轻人》那样，在新农村建设场景中顺着年轻人的情理脉络塑造出有感染力的青年典范。“我对要求学文艺的青年常劝其学习政治、学习文艺、体验生活，并决心从业余上打主意；对其他农村知识青年，常劝其安心农业生产，从发展农业生产上消灭三大差别，而不要利用三大差别去找便宜的主意。”[1]此“理”合于社会主义教育运动，却难以入脑入心，赵树理与青年的关系也由此变得紧张。不过“返乡文学青年如何回嵌乡土”这一问题依然撬开了诸多时代议题，赵树理对此也有片段思考：文艺不应再专业化，在此前景下，返乡文学青年若继续创作，可加入群众文艺队伍，移风易俗，文化革命；也可成为参与经营管理、科学种田及农技革新的实干家。或许文艺完全业余化短时间难以实现，所在地区联结知识、文艺与乡村之“桥”不多，加之对回嵌乡土的青年典型较为隔膜，赵树理没有将这些思考文学化；偏重现实问题而非想象性解决

---

① 赵树理：《回忆历史 认识自己》，载董大中主编《赵树理全集》（第5卷），北岳文艺出版社2018年版，第421页。

的写作理念，使其创作与思考并不完全一致。

如果说赵树理的小说突出了返乡文学青年困境的一面，那么当时表现新青年献身新农村建设的作品则显示了回嵌乡土的可能性。这个可能性的重要前提是存在能将知识或文艺与乡村联结在一起、既能改造乡村又能让返乡青年个人实现价值的新农村建设实践。如何让返乡知识（文学）青年钟情于农业农村，而不对社会主义同样也需要的其他“更好的”职业三心二意？事实上，离开新农村建设实践及为之提供保障的各项政策措施，仅靠打通“情理”、赋予意义仍是不够的。因此，展现广阔天地大有可为，呈现既有理性化组织又有熟人社会温情的新农村建设场面，塑造成功回嵌乡土的新青年形象，就成为当时“文艺生产”的重要面向。

（原载《文学评论》2022 年第 3 期）

下编

转折时期的文学与社会

从“群众科学”到“民科”：新时期科幻的一个侧面

近年来，新时期初期（1978—1983）被认为是中国科幻的“黄金时代”。这一时期的科幻具有显而易见的过渡性质，就其中的科学观来说，它保留了20世纪50年代至70年代的某些科学理念，当然也显出新征兆。一个值得注意的现象是，此时的科幻经常描写“民间科学爱好者”（以下简称“民科”）的科学研究和技术发明。而对此的争议为探讨科学与政治的关系提供了契机，也连带出“群众科学”在新时期向“民间科学”转化的问题。

“群众科学”在20世纪50年代至70年代曾被大力倡导，历史转折时期虽继承了这一科学理念，但对科学的理解与定位已发生巨大变化。在新的历史环境中，那些被“群众性科学实验运动”激发了科学热情的业余科研者，日渐向“民科”转化，其与“科学共同体”的对立，被建构为疯癫与文明的对立。“群众科学”的人口基数，加上“科学热”的氛围，使“民科”在新时期大量涌现。“民科”尽管存在诸多问题，但这一群体身上隐藏着一段社会主义的科学政治史。

一、新时期科幻中的“民科”形象

“民科”主要活跃于20世纪八九十年代，大多经历过20世纪50年代至70年代的群众科学运动或新时期初期的“科学热”。20世纪80年代之后，类似报道经常见诸媒体：某“民科”宣称攻克了一世界级的数论猜想，或自称创建了某一“真理体系”，造出了永动机，等等。按照田松的定义：“所谓民间科学爱好者（民科），是指在科学共同体之外进行所谓科学研究的一个特殊人群，他们或者希望一举解决某个重大的科学问题，或者试图推翻某个著名的科学理论，或者致力于建立某种庞大的理论体系，但是他们却不接受也不了解科学共同体的基本范式，与科学共同体不能达成基本的交流。总的说来，他们的工作不具备科学意义上的价值。”① 他还总结了“民科”的一些特征：“核心的心理特征是偏执”，是“精神病人”。② 民科往往被认为出身底层，学历很低，执迷研究，不顾家庭，听不进别人的反驳和建议，沉溺在自己的世界中。除了“民科”，还有“民哲”，2018年在北京召开的世界哲学大会，收到一千多篇“民哲”的投稿。③

然而，新时期初期科幻小说中的“民科”形象却是正面的，科幻作者们为“民科”的遭遇鸣不平。当然，当时还没有“民科”这个说

---

① 田松：《永动机与哥德巴赫猜想：江湖中的科学》，唐丁华绘，上海科学技术出版社2003年版，第6页。

② 参见田松《永动机与哥德巴赫猜想：江湖中的科学》，唐丁华绘，上海科学技术出版社2003年版，第6、10页。

③ 参见董牧孜《世界哲学大会成了“奇葩大会”？扒一扒鄙视链底层的“民哲”》，2018年8月20日，搜狐网“新京报书评周刊”（http://www.sohu.com/a/248885006_119350）。

法，人们普遍采用的是业余科学研究者这个称呼，不过其行为表现与“民科”是相同的。科幻小说支持“民科”延续的是20世纪70年代的科学理念，显示出独特的政治意味。这类小说在当时为数不少，它们为业余科学研究者辩护，质疑或反思科学、人才的评价标准，从中能明显看出20世纪50年代至70年代的“群众科学”和新时期“科学热”的影子。

最有代表性的是叶永烈的“惊险科幻”《失踪之谜》[①]（1981）。这篇小说虽冠以科幻的名目，但讨论的却是科学的专业化、人才评价标准等问题。小说的开头是一桩离奇的失踪案：延吉市布尔哈通狗肉店女厨师林丽神秘失踪，亲属收到一封署名W. S.的来信及其汇来的巨款，信中说林丽因故暂离延吉五年，恳请照看其家人。而全国其他地方也发现了类似案件：贵州一12岁男孩、广东一位数学家也是突然失踪，家人收到一封告知平安的信和一笔巨款。警官金明经过周密推理，侦破了此案：主犯是诺贝尔和平奖金获得者、“中国科学院人才学研究所”所长王松教授，从犯是废品站工作人员兼考古学家谭天宏教授。王松是“人才学”专家，著有《论人才》《论人才与逆境》《世界人才史》等，他认为“自古雄才多磨难”，出身底层的小人物也能取得重大科学成就：挪威数学家阿贝尔生前将重要论文寄给法国数学权威审查，但后者根本就没看，直到阿贝尔去世后，他才为人所知；盲文的发明者布莱尔出身于马鞍匠家庭，他发明的盲文无人问津，也是死后才被认可……鉴于“春天里也还有寒潮。即使在社会主义制度

① 参见叶永烈《失踪之谜》，载《科幻海洋》（第三辑），海洋出版社1981年版，第9—83页。后改名《不翼而飞》收入叶永烈小说集《不翼而飞》，群众出版社1982年版。

下，还有‘大人物’压制‘小人物’，还有种种习惯势力，‘雄才’仍旧‘多磨难’”的局面，王松制定了专门资助“陷入困境的科学幻想家”的“W. S. 计划”，即让他们摆脱事务性工作，在他提供的舒适环境里安心科研。因担心“大人物”非难，这项计划只能秘密进行。这三人之所以被选中，是因为林丽利用业余时间从理论上证明了“磁单极”的存在，成果却无处发表；那个男孩“具有研究生的水平”，对天文学上的“黑洞”“白洞”理论提出了独创性见解；而广州的数学家虽功成名就，但因身兼 18 种职务而荒废了科研。

在悬疑科幻的外衣下，小说核心是林丽夫妇和谭天宏的科研故事。林丽和她的丈夫崔华是布尔哈通狗肉店厨师，他俩因共同爱好电子学而结为夫妻。林丽沉迷于电子学，自学了《电子学》《磁学》《电磁场理论》《量子力学引论》等著作，本来要报考大学物理系，“可是听说不少人看不起服务性行业工作，不愿当服务员、当厨师”，就主动放弃了考大学，要求分配到饭店工作。夫妻二人志趣相同，下班后钻在他们的电子学里，常常通宵达旦，每夜只睡两三个小时，但不久崔华积劳成疾，患癌离世。崔华得病还有另外一个原因：他和林丽合写的一篇论文，不仅没能发表，还招来冷嘲热讽。夫妻二人呕心沥血完成的这篇论文名为《论磁单极》(即只有一个南极或北极，磁单极据说有科学依据，但从小说提供的论文片段看，论文缺少数理逻辑，多是哲学思辨)。这篇署名“吉林省延吉市布尔哈通狗肉店　崔华　林丽合著”的论文寄给了物理学权威费秋教授后就杳无音讯，崔华写信询问也无答复，后来他颇费周折打通了费秋的电话，没想到遭到当头棒喝：“你们的论文有一股刺鼻的膻味儿，实在不敢拜读。如果你要我看你们的论文，请你们不要在狗肉店里当厨师，到我学院去当研究生！要知道，我是一个从来不吃狗肉的人，当然也就不会看狗肉店厨师写的论文！”费秋“门缝里瞧人”，不过让他们考研究生的建议还是中肯的，但夫妻二人挑战的就是这个专业化的等级秩序。夫妻二人的科学理念显然与新时期重视专家和科学专业化的潮流不合。受此打击，崔华精神崩溃，抑郁而终。崔华去世后，林丽依然坚持研究电子学，直到被“W. S. 计划”选中。

而林丽如何被选中，又引出谭天宏的故事。谭天宏在废品收购站工作，也是没念成大学的高中毕业生。由于历史知识丰富，他在废品收购站发现了许多古物，他利用这些实物材料撰写了《中国古镜之研究》（署名“北京市废品公司　谭天宏著”），然后寄给了一位“考古学泰斗”，结果也是泥牛入海。半年后，他在废品收购站居然拣到了自己的书稿。谭同样被气晕，但他不灰心，又将手稿誊写三份寄给了另外三名教授，而其中一位，也就是王松，看了论文并给予很高评价。在王教授的指导下，谭天宏又撰写了一系列考古学论文，最后他被“中国科学院”授予教授职称，但为了方便做研究，他依然在废品公司工作，在废品中又发现了很多文物以及被当成垃圾处理的论文，而其中就有林丽夫妇的手稿。谭天宏看到林丽夫妇的论文，联想到自己的遭遇，立刻请王松推荐出版，王松将论文再次寄给了费秋，只不过署名改为了复旦大学物理系某教授，没想到费秋很快给出审阅意见：“此书富有创见，请有关部门尽快出版。”科学界的“势利眼”让谭天宏愤怒不已，从此他就开始协助王松落实“W. S. 计划”。

这不仅是一篇控诉科学权威压制“民科”的檄文，它还显示了诸多时代症候。小说中那些戏剧性事件是为了证明，小人物的科研成果也可能有巨大价值。当然，是否真的如此值得商榷，其设想的科研人员的研究方式也与今天完全不同。此问题暂且悬置。这篇小说表明，新时期之初科幻界、科学界、普通民众并没有就科学专业化达成完全的共识，20世纪50年代至70年代的科学观念在此时期仍有延续，王松所坚持的卑贱者办大事、科学家大多出身低微等想法无不可在此前时代找到相应表述。历史转折时期的过渡性质就在于，过去的遗产和未来的萌芽共存。尤其需要注意的是，1978年3月召开的全国科学大会，在提高科学家和知识分子地位的同时，同样强调“群众科学”的重要性。

科幻作家王晓达也写过一篇为“民科”辩护的科幻小说[①]。这篇小说的主人公是一所大学实验室的实验员，学历也不高，自称创立了“空气光学”，不断找人推荐发表他的成果。后来他找到小说中的“我”，一位记者，但这位记者像费秋一样，并不相信他的“科学理论”。“‘……你们记者交际广，假如能帮我把这些著作推荐给权威们——，当然，我不希望得到首肯，但至少可以听些意见。’他显然陶醉在自己的‘空气光学’之中，脸上逐渐升起两朵红云，眼睛闪闪发光。我呢，听到这里，不仅没有被他的情绪感染，反而冷静了。心想：假如你还告诉我，已经发明了十种永动机，我也不会惊讶。自命不凡的‘伟大发明家’我可没少见。对这些人，我倒往往怀有一种怜悯心情。我曾不止一次接待过背着铺盖跋山涉水，啃着自带干粮来送交‘永动机’图纸资料的‘发明家’。现在，我面前这个什么‘空气光学科学家’，似乎也是这些‘发明家’的同类项。因此我用婉转的语言表示了坚决的态度。”这位“空气光学科学家”频受打击但并未

---

① 参见王晓达《捕风捉影》.《科学文艺》1982年第5期。

消沉，后来成功制成了“空气光学剂”，可使太阳能得到更合理的利用。在事实面前，这位记者幡然悔悟：“至少，以后再有人来找我谈‘发明’，甚至是幻想，我决不会再贸贸然然把人家‘否’了。”这位“空气光学科学家”对“权威”打压“小人物”的业余科研十分不满。

这种不满在新时期之初的科学界也有体现。钱学森尽管也批评某些业余科研者杜撰的虚无缥缈的理论，但总体上较为包容。1979 年一次科学工作者同哲学工作者的聚会中，与会者一致同意将孕育新思想的潜流起个名字——“潜科学”。此后，“潜科学”创刊，该刊的发刊词与王松的观点如出一辙：“由于一时鉴别不清而受压制、被埋没的有价值的研究成果，在科学史上更是不胜枚举。……一种具有相同信息的科学思想，从一个无名氏的嘴里说出来，往往没有从一个权威口中说出来的社会影响来得大，因而被埋没的可能性就大得多。”[①] 所以,《潜科学》宣称将秉持科学无禁区、科学无偶像的原则，对“无名氏同科学权威”一视同仁，专发那些“权威们尚未承认的”科学论文。

尽管科幻小说和极个别刊物支持业余科研者，科学界主流其实对业余科研者持否定和排斥态度。于光远主编的《自然辩证法通讯》就曾刊文告诫“青年业余投稿者”：不要再投用自创术语搭建庞大体系、用哲学思辨研究尖端科学问题的文章。[②] 然而在当代中国，“民科”身上却携带着一段隐而不彰的历史，它穿越时空再次将科技政治问题推向前台，它的前史是“群众科学”。

---

① 本刊编辑部:《“潜科学”的诞生》(代发刊词),《潜科学》1980年第1期。

② 参见唐度《创造热情与科学精神——致青年业余投稿者》,《自然辩证法通讯》1980年第6期。

二、“群众科学”及新时期初期的科学观

从以上小说可知，“民科”涉及科学与技术两方面。相对来说，前者是“民科”的主要类型，后者因与生产应用联系在一起，严格说来，如果不是痴迷于永动机之类的“发明”，“民科”色彩较为淡薄。今天的“民间发明家”，会因现实生产需要而发明一台自动化机器代替人工（比如央视十套的《我爱发明》中的那些机器），这正是技术发明的本真状态；或制造出低版本的、早已存在的机器设备（比如潜水器、飞行器等），虽不具有技术革新和科学突破的意义，但也不能说是“民科”。所以这里所谓“民科”，主要指科学（理论）的“民科”和技术空想的“民科”，他们皆联系着20世纪50年代至70年代的“群众科学”。

“群众科学”的理念起源于延安时期的“科学大众化”与“自然科学运动”，但大规模实践是新中国成立后“大跃进”时期的群众性技术革新运动。也就是在这个时候，“土科学”“土专家”受到重视，土洋并列，二者都被视为中国因地制宜发展生产、进行技术革命的重要力量。“土”标示出技术发明与革新者的身份，具有丰富生产实践经验的工人、农民登上技术革新的舞台。“社会地位较低、学问较少、条件较差、在开始时总是被人看不起、甚至受打击、受折磨、受刑戮的那些人”[①]被认为是古今中外技术发明与革新的主体。所谓“卑贱者

① 毛泽东：《卑贱者最聪明，高贵者最愚蠢》（一九五八年五月十八、二十日），载《建国以来毛泽东文稿》（第七册），中央文献出版社1992年版，第236页。

最聪明”，不仅是给小人物打气，振奋敢想敢做的精神，更重要的或许是尝试通过劳动人民知识化，使其摆脱异化劳动宿命，成为有文化的无产阶级，以此缩小脑体差别，为直接管理国家做准备。“群众科学”彼时也被认为有助于科技工作者的政治认同，保持科学的社会主义属性。1960 年，“鞍钢宪法”中的“三结合”（技术发明与革新要实行工人群众、专业技术人员与领导干部三结合）落实了这一设想，它的完全实行当然是在“文化大革命”时期。“三结合”方案并非没有问题，但确实激发了部分有想法、有实践经验的劳动群众的科学创造热情。当时的“群众运动”+ 社会主义大协作的科研方式，也取得了一些成果。①

农业领域，在土洋结合下涌现出一批生物治虫、育种土专家，他们与将科研搬到生产一线的农业科学家一起探索“科学种田”的方法。值得一说的是，“文化大革命”时期杂交水稻的培育成功，与“群众科学”密不可分，可以说没有发动群众寻找到的野生稻及“四级农科网”，杂交水稻的研究与推广是不可能实现的；当时的宣传凸显的也是集体科研的力量，并没有突出袁隆平的个人作用，袁隆平家喻户晓是在新时期之后。② 医药学领域，屠呦呦参加的“青蒿素结构研究协作组”更被宣传为社会主义科研协作的典范。工业领域，工人参加工业设计和技术革新的，比如有研究者注意到的“文化大革命”

① See Chunjuan Nancy Wei and Darryl E. Brock, *Mr. Science and Chairman Mao's Cultural Revolution: Science and Technology in Modern China,* Lanham: Lexington Books, 2013.

② See Sigrid Schmalzer, *Red Revolution, Green Revolution: Scientific Farming in Socialist China,* Chicago: The University of Chicago Press, 2016.

时期“赤脚电工”参与电子计算机生产[①]。当然，“文化大革命”后期关于“三结合”技术革新的报道，有不少夸大成分。[②]但即便如此，似也不可否认“群众科学”运动对民众科学素质的提升作用。参与“群众科学”运动的经历，使这些劳动者具有极强的动手能力。

但“群众科学”也不可避免造成了对基础科学的忽视，基础理论研究被认为脱离生产。

需要说明的是，“群众科学”在1978年3月召开的全国科学大会上仍被重点强调。这次大会的召开通知称，“科学研究是专业队伍和广大群众相结合的革命运动”，应充分“发挥专业队伍的骨干作用”（这是新变化），同时“大搞科学实验群众运动”。[③]

当时科教领域的领导人讲话也提到“广泛开展群众性的科学实验运动”，但重点是厘清两点认识：科技是生产力，科技工作者是劳动者，群众路线就是“认真听取专家的意见”；“致力于社会主义的科学事业，作出贡献，这就是红的重要表现，就是红与专的统一”，政

---

① “群众科学”在电子计算机领域的运作及其彰显的“技术政治”问题，参见王洪喆《从“赤脚电工”到“电子包公”：中国电子信息产业的技术与劳动政治》，《开放时代》2015年第3期。

② 这些报道文章，如赵传功《万匹机的诞生》（造船工人攻克了一个个技术难关，造出了万匹柴油机），《自然辩证法》1974年第3期；宋志清《喜看沃土育新苗》（知识青年和贫下中农一起，在农业生产中搞出了许多使那些“专家”“权威”们目瞪口呆的发明创造），《自然辩证法》1975年第1期；《访“龙”记——上海几家工厂改造老设备实现生产连续化、自动化见闻》（工厂依靠群众，土法上马，造出了一大批具有先进水平的自动线和流水线，破除了“电子神秘论”），《自然辩证法》1975年第2期；上海重型机器厂工人写作组《大型电站转子是怎么攻下来的》（广大工人和技术人员大学大批促大干，运用辩证法，奋战两年，连克四关，攻下了大型电站转子的质量关），《自然辩证法》1975年第2期。

③ 参见《中共中央关于召开全国科学大会的通知》（一九七七年九月十八日），载《向科学技术现代化进军　全国科学大会文件汇编》，人民出版社1978年版，第6页。

治觉悟要体现在科学成就与工作伦理中。① 李昌（中国科学院副院长）及陈景润、周培源的发言与此接近，都侧重于科学专业化。②

即使有这些差异，科学大会倡导的“群众性科学实验运动”还是引发了全民性的“科学热”。不过，“群众科学”尽管被强调，确保其能够实行的外在支持基本已不复存在，“三结合”很快被终止，群众即便有想法也没了结合对象和试验条件。工人要认同社会分工，坚守岗位，技术革新是技术人员和工程师的事。由于“群众科学”的路被堵死，使其向“民科”转化。“科学实验运动”有着庞大群众基础，这些被点燃了科学热情又被孤立于“科学共同体”之外的民众在新时期只能由“实”向“虚”，因为相对来说“虚”的科学理论貌似一人就能承担。20 世纪 50 年代至 70 年代的学理论运动，特别是“文化大革命”后期用哲学批判科学的思路，为渴望取得颠覆性成就的业余科研者找到了一个路径，这解释了为何“民科”的论文是哲学思辨式的，而不是运用数理逻辑进行实证式的，当然，为了显示科学色彩，自创术语和公式也是一大特色。“民科”的精神底色与陈景润的故事大有关系③，报告文学《哥德巴赫猜想》中陈景润在六平方米小屋夜以继日演算的场景深入人心，他作为献身数学、不为名利的纯粹科学人形象，给“民科”以巨大精神鼓舞，可以说，真正的“民科”都是以

---

① 参见邓小平《在全国科学大会开幕式上的讲话》（一九七八年三月十八日），载《向科学技术现代化进军　全国科学大会文件汇编》，人民出版社 1978 年版，第 44、46、37 页。

② 参见李昌《坚决把中国科学院整顿好，尽快把科学研究搞上去》，陈景润《科学有险阻，苦战能过关》，周培源《科学技术协会要为实现四个现代化作出贡献》，载《向科学技术现代化进军　全国科学大会文件汇编》，人民出版社 1978 年版。

③ 《哥德巴赫猜想》的传播对“民科”的“催化”作用，参见杨慧《报告文学〈哥德巴赫猜想〉与“民科”》，《科普研究》2008 年第 5 期。

陈景润为榜样的理想主义者。

科幻作家刘兴诗批评部分科幻小说，“把科学家与群众对立起来，一些作品里的科学家似乎与现实生活绝缘，和群众完全隔离。也有把科学研究过于神秘化，几乎完全排斥了工农兵的倾向”[①]。一些科幻作品更是抗议“群众科学”的废弃，表达将工人排除出技术革新队伍的不满。一篇小说写一位工人想进行自动化革新，却遭到车间主任严厉批评：“工人的本份（引者注：应作‘分’）是好好干活，你不要异想天开，搞技术革新，我们厂里有的是技术员，工程师，你没必要操这份心。”[②]作者的态度很明确，不可忽视工人群众中蕴藏的巨大创造力，青年工人的技术革新应该大力提倡。但现实中对专业化和工作伦理的强调，迫使这些有想法的工人只能选择业余时间闭门造车，单打独斗。不是他想当“民科”，似是环境使然。所以，不少科幻中的“科学研究”是“民科”式的，主人公通常在家庭作坊那样的简陋条件下取得重大科学突破。一位生物学家在农村的住所创建了“时间表遗传学”[③]；一对夫妻发明的“月信息传递物体”的装置是在家里完成的[④]；一个学生物的青年与他的农村妻子，在乡下家里建了一个十平方米的小实验室，最终发明了一种新药[⑤]；金涛的《月光岛》中的“生命复原素”，是主人公在几平方米的灯塔中研制的[⑥]。条件简陋，知识不足，但恒心和毅力可以弥补。一篇小说写一名女大学生要嫁给没考上大学

① 刘兴诗:《科幻小说的时弊》,《科普创作》1982年第1期。

② 傅光平（新都机械厂工人）:《淘金》,《科学文艺》1983年第6期。

③ 参见迟方《卜》,《智慧树》1981年第3期。

④ 参见余柏森《意外收获》,《智慧树》1983年第5期。

⑤ 参见万焕奎《探索的代价》,《科学文艺》1982年第1期。

⑥ 参见金涛《月光岛》,《科学时代》1980第1—2期。

的卡车司机，遭到父亲反对，女大学生给出的理由是“他还一直在搞各种各样技术革新、发明创造——这难道逊于一个大学生吗”，她的父亲认为这位卡车司机知识太少，“虚张声势”，但女主人公坚信科学研究靠的是“坚强的意志、火热的心”。[①]

这样的科研方式，当然引发科学界的批评：“有的（科幻小说）则描写的不是科学工作者们的实际生活，也没有那样的实验场所，凭某一科学家非凡的天才竟然独立创造出二十一世纪或更往后的伟大发明。然而科学界谁都明白，时至今日，早已不是一百年前某一个天才人物关起门来，一个人在实验室里冥思苦想，或凭几只瓶瓶罐罐、一点简单设备，便可以作出发明创造的时代了，现在的科学实验往往是大规模的联合作战，有的发明甚至要倾全国之力，成千上万的科学工作者参加，日夜奋战若干年，才能取得成果。”[②]现代科学是专业团队集体攻关，离不开先进实验室和巨额资金投入，“民科”当然被排斥在这个体制之外，故只能涌向只需一个人、一支笔的数论等领域，或干脆自创“真理体系”。

三、疯癫与文明："民科"的命运

随着新时期改革的深入，中国的科技越来越与世界接轨，专利制

① 参见倪既新《聚音喇叭》，《科学时代》1983年第3期。

② 马识途：《科学文艺创作一议——为〈科学文艺〉创刊三周年而作》，《科学文艺》1982年第3期。

度被不断论证[①]并于1984年正式在中国确立，科技开始以知识资本的形式并入生产过程。市场经济下工业企业对利润的追求被认为是科技创新的一大动力，以政治热情驱动的“群众科学”在理性化现实面前失去了合理性。如前所述，从“现代”科学的视野看去，依靠工人、农民等个体进行科学创造的时代早就过去了。控制论创始人维纳的观察非常准确：爱迪生是技术工人与科学家之间的过渡。爱迪生本人像一个技术工人，但雇用科学家为职员：“他的最大发明就是发明了工业研究实验室，把发明事业变成了生意经。……发明已经不再意味着工厂工人偶尔有之的洞察力了，它变成了一批胜任其事的科学家进行细致而广泛的研究的成果。”[②]技术尚且如此，科学就更不用说了，不会给“民科”留下任何空间。

“民科”如同大战风车的堂吉诃德。1980年年初，民刊《今天》刊载了一篇名为《永动机患者》[③]的小说。小说中的“永动机患者”是位四十多岁的农民，只读过两年书，但在1958年鼓励“卑贱者”搞技术革新的日子里迷上了永动机，自学了村里所能找到的物理教材。小说这样评价他：“完全是一个农民！他的骨骼、皮肤、肌肉、外貌，都是农民的样子，这二十年来他却想致力于科学，痴迷了什么永动机。这种痴迷的念头，是在痴迷的时代就种进了他的脑子里去的。”在新启蒙的视野里，农民“致力于科学”大约是不正常年代的痴心妄

① 参见段瑞林《建立适合我国特点的专利制度》，《发明与专利》1981年第1期；赵石英《实行专利制度，鼓励发明创造》，《发明与专利》1981年第3期；王家福、夏叔华《一定要尽快制定专利制度》，《发明与专利》1983年第2期。

② ［美］N. 维纳：《人有人的用处：控制论和社会》，陈步译，商务印书馆2017年版，第98—99页。

③ 参见晨漠《永动机患者》，《今天》1980年第1期。

想。小说并未涉及他从“大跃进”到“文化大革命”结束这段时间的经历，而是呈现他在新时期的遭遇：为了到北京找科学家看图纸，花光了所有积蓄，老婆生病也不管，然而并没有科学家理会这个疯子。他不气馁，又一次站在了一位力学教授上课的教室门口，但力学教授对他的图纸不屑一顾：“别浪费别人的，还有你自己的时间了，我已经跟你说过，能量守恒，你知不知道这个定律？永动机是不可能造出来的，这是一个研究科学的人的起码常识。”这位农民当然不懂能量守恒，被打击得失魂落魄。力学教授将其视为“科学上的敌人”：“同学们，我们心目中只应有一个上帝，那就是科学，对于这种代表愚蠢落后的反科学势力，我们终生的使命就是向他们作斗争，毫不动摇，毫不留情，这就是科学这个上帝向我们提出的要求。谁做得好，谁就能进入科学的天堂。”面对教授的激昂话语，小说中的“我”发出一丝质疑：“教授说科学是上帝，那么人呢？科学的殿堂，难道只有衣冠楚楚的学者的位置？”出于同情，“我”帮“永动机患者”看了图纸，指出其中的错误，劝他回归正常生活。力学教授批评“永动机患者”不懂能量守恒当然没错，他也确实是在浪费时间，这些都成立，但正是这些“正确”培养了启蒙的傲慢，它抹除了“卑微者”试图文化翻身、掌握科学，让科技解放劳动者而不是剥夺劳动者的抗争宿命史。

30年后，作家阿乙根据周国平一篇记叙与“民哲”交往的文章[①]创作了小说《先知》[②]。主人公是典型的“民哲”(“民哲”与“民科”具有共性)，他写给社科院袁博士的自荐信被当作垃圾处理，小说主

---

① 参见周国平《哲学家或中蛊者——记一个为思想而痛苦的农民》,《社会学家茶座》(总第五辑)，山东人民出版社2004年版，第108—117页。

② 参见阿乙《先知》，载阿乙《鸟，看见我了》，文化艺术出版社2010年版，第67—84页。

体就是这封信——新世纪的“狂人日记”。这位“民哲”认为人类存在的本质就是“与时间对砍”，“杀时间”这种行为贯穿生命与历史始终，并设想人类会因对抗“时间”而团结在一起，过上一种刻板的规定化生活。他自信自己的学说将“颠覆整个哲学体系”，并反击周遭的嘲讽，“疯掉的不是我，而是他们”，他要拆掉疯癫与文明之间的栅栏，“我和您唯一的区别是：您考上了大学，硕博连读，而我中途辍学，什么学历也没有。这也就是我为什么一直困厄不堪而您为什么一直广受尊重的原因，同样的事业在您那里称其为神圣，在我这里却变成别人嘲讽的玩意”。但他还是在“人类学泰斗”家里遭到羞辱：“他在研究我杂乱的头发、灰暗的衣服和拘谨的坐姿，而不是比我生命还重要的稿子。我颤抖着站起来，指着稿件说：‘你不认为这几句是真理吗？’可是他表现得像是被打搅了午休的狮子，粗暴地回击道：‘你真要我说实话吗？你要的话，我就告诉你，我还没见过比这更空洞、更操蛋、更不知所云的真理了。’我羞愤难当，急欲离开，错乱中却拉开他家卫生间的门，他又过来拍我的肩膀，说：‘门在那边。就和你的人生一样，你进错了房间。’我进错了房间，作为一个初中肄业生，我应该成为一个一事无求的农民，不应该来吵着他们。”他“不务正业”，整日思考哲学问题，俨然已是别人眼中的怪物，但他不甘心臣服于由“那垂直的建筑、冰冷的门卫、先进的电脑以及来去自如的编辑、教授”构成的“森严的秩序”：“开国元帅陈毅不是专注于读书而将糍粑蘸着墨汁吃了吗？数学家陈景润不是专注于思考 1+1 而撞树上了吗？古希腊数学家阿基米德都快要被砍头了，还在说：‘让我算完这道题。’我想我也如此。”他也承认自己是井底之蛙，得到的训练太少：“我费尽千辛万苦研究来的理论说不定别人早已研究过。……我们那里曾有一位工厂青年，他凭借自己的悟性推证出几何原理，去学院宣告时，教授们拿出初中课本告诉他欧几里德早在两千年前就已经推证出，他五雷轰顶，羞而自杀，我想我真可以和他做一对鬼哥们了。”但他最终还是坚信，“学历高低和真理没有关系——正是无畏比城府先带来创见；疯癫与否和真理也没有关系”。

如果说阿乙的小说让“民哲”发出了质疑“森严的秩序”的声音，那么韩少功 2013 年出版的《日夜书》[①] 则从政治高度批判这个等级结构及其背后的市场规则和知识产权制度。《日夜书》中的这位二流子发明家叫贺亦民，他只有小学文化水平，“文化大革命”期间进入街办工厂当工人，靠着强大的动手能力和一本《农村电工手册》（客观地说，当时的《农村电工手册》《赤脚医生手册》之类的普及性小册子，在提升劳动人民的科学素质方面厥功至伟），成长为一名优秀电工。后来，“贺电工受厂部推荐去工人技术大学读书。当时很多高级技工都出自这种学校”。贺亦民正是受益于“文化大革命”期间培养工人技术员的“七二一大学”制度的。他读不懂英文课本，“却能在网上猜英文，猜德文，跟踪世界最新技术”，除了电工，他还精通其他十个工种，“技术见识极为古怪和狂野”，依靠这种野路子，他在 80 年代之后成为拥有六十多项发明专利的“技术魔怪”。他认为现代科学分科太细，博士读成了“窄士”，“书读得太好了”反而不容易有技术发明。《日夜书》让贺亦民在新时期经历了各种折腾，最后重新认同社会主义技术政治的遗产：敢想敢做，自力更生，为国为民，但他的科技观念已与现实不合。他为国企油田攻克了一项世界级难

---

① 参见韩少功《日夜书》，上海文艺出版社 2013 年版。

题，油田项目组却迟迟不肯验收，他们想利用这个革新申课题、评院士、捞资本。最后，被激怒的“贺疯子”以“叫板微软、英特尔以及一切市场规则的 IT 好汉”——开放源代码的 Linux 为榜样，将自己所有的技术发明资料全部在网上公开，与知识产权彻底决裂。

韩少功是当代中国少有的严肃思考技术政治的作家，尽管贺亦民的技术能力有一些夸大，具有过于个人英雄主义的“民科”色彩，但并不影响这个人物的批判性。他来自历史深处，在新时代再次展现出共和国工人的视野；他与油田项目组的博士、教授们思想情感格格不入，却能与油田工人们打成一片。在工人眼里，贺亦民不是魔怪，而是“电器王”“发明帝”，他们在他身上看到工人阶级的尊严和力量：

咱们工人有力量——嘿，
每天每日工作忙——嘿，
盖成了高楼大厦，
修起了铁路煤矿，
改造得世界变呀么变了样……

这首“几如出土文物”的歌曲是工人们献给这位“发明帝”的。韩少功是把贺亦民当成工人——有文化的无产阶级——来塑造的，他借这个人物表达的想法非常深刻。然而，现实中能有几个贺亦民呢？贺亦民的神性来自他的抵抗。在马克思看来，科学如果不掌握在人民手里而是掌握在资本手里，那它一定会加固资本的统治。《日夜书》中所谓的“共产主义的技术炸弹”要炸毁的就是这个吧。

疯癫与文明的对立建基于深受新启蒙思潮影响的病理学话语，但

“民科”现象并非病理学问题，而是社会学问题。既然是社会学问题就不应归咎于“人格缺陷”，而应在社会层面给出解决方法。“民科”的出路或许在于：由“虚”向“实”。从那些充斥着独断论的自然哲学和所谓“真理体系”中走出来，终止钻研数论“猜想”、建构大一统理论——这条路是无法走通的。但普通劳动者依然可以在仍需自动化革新的工农业领域大有作为。这是央视《我爱发明》的思路，节目里的那些发明者再次彰显了劳动人民的智慧和实践能力。

结语

新时期科幻小说对“民科”的支持态度，显示了历史连续性。这些科幻小说秉持的科学理念，与新时期的科学专业化趋势相悖，但却带出了 20 世纪 50 年代至 70 年代的“群众科学”及历史转折时期的“群众性科学实验运动”的历史。“群众科学”在新时期向“民间科学”转化。回顾这段历程，我们能清楚地看到，科学专业化趋势在现代社会是不可逆转的，科技的重要地位无法被撼动，也不应被撼动。而作为历史的剩余物，“民科”的历史及叙事，其意义或许也仅在于为思考科学主义话语、科技政治等问题提供了一个另类视角吧。

（原载《文艺理论与批评》2019 年第 6 期）

"陈奂生"为什么富不起来?

——兼论新时期农村题材小说中农民的致富方式（1978—1984）

新时期之前，"漏斗户"主陈奂生一家日子过得紧巴巴，每年都为粮食不够吃而发愁。新时期的到来改变了这一切。生产队的新分配方案和国家提高粮价等政策出台后，陈奂生摘掉了"漏斗户"主的帽子；继而，陈家村推行"包产到户"，实行生产责任制，陈奂生当上了"六亩三分地的国王"，其后他还兼种了别人无暇耕种的四亩多地，一跃成为村里的"种田大户"。种田收入再加上社队企业的分红，使陈奂生家的生活比以前宽绰多了。然而，尽管陈奂生解决了温饱问题，手头也有了一点积蓄，但与陈家村的"能人"相比，"种大田藏死钱"的陈奂生从未真正富裕起来；不仅没有富裕起来，到20世纪80年代中期以后，由于"产量逐年降低，收入逐年减少"，其处境反而日渐艰难。

那么，陈奂生为什么富不起来？为什么刚刚解除"桎梏"没几年又再次陷入困顿？高晓声的"陈奂生系列"记录了一个传统中国小农的心路历程和最终命运，带领我们重回历史现场，一窥新时期农村改革的全过程以及苏南地区农民致富方式和农村分化的图景。

一、“六亩三分地的国王”

陈奂生粮食问题的解决首先依靠的是1978年生产队的新分配方案：

几天之内，生产队的方案造好了。……照1971年“三定”算，今年生产队超产了67100斤粮食……

在陈奂生名下，一共分配到3605斤粮食，比去年的2259斤多了1346斤，这个标准同大多数社员比较起来还显得低了一点，因为他缺乏饲料，全年只养了290斤猪，仅仅超额完成任务98斤而没有得到更多的超产奖，即使如此，光是这290斤猪，也比去年多分到365斤粮食。

会计把方案读完了。停了三分钟以后，大家才知道他真的读完了。这才哗啦啦地吵闹起来，就像早晨打开了鸭棚，嘈嘈杂杂，已经无法听清哪一个在说哪一些话了。但也有天生喉咙大的，在喊着：

“大解决了。年年巴望粮食宽一点，宽一点，一直巴不到，现在一下子宽得叫我们想也想不着！”

“养猪养鸡尽养吧！”

“拔光了毛的翅膀这一回又会长出毛来高飞了！”

……

陈奂生什么也没有说，他静静地坐在那儿不动，像是傻了。一会儿，他决然站起来，朝主持会议的队长走近去，闷雷似地（引者注：应作“的”）问道：“凿定了吗？”

“当然。”

“不变了吗？”

“还变到哪里去！”

“那么，”陈奂生挑战地说，“现在就分给我。”

生产队长惊讶地看了他一眼，明白了。“好，”他爽快地说，“大家回去拿箩担，马上就分。”[1]

按高晓声的理解，新方案、新政策让农民再次“翻身”。短期来看，新分配方案再加上1979年后粮价的大幅提高，确实大大提高了农民收入。除卖粮收入外，新恢复的家庭副业和农村市场也是农民家庭收入的重要来源。陈奂生的家庭副业之一就是进城卖油绳。[2] 粮食收入和家庭副业改善了陈奂生一家的生活水平，陈奂生家也从“漏斗户”变成了“余粮户”。

不过，让陈奂生赚到人生最大一笔钱的却是队办工厂，社队企业给了陈奂生真正“发家致富”的机会，但他没有抓住。陈家村的队办工厂和苏南地区其他社队企业一样是集体所有制，不纳入国家生产计划，许多原材料要通过各种关系寻求国有企业“支援”（调拨）。因为陈奂生和县委书记吴楚有交情，厂长决定让陈奂生做采购员，利用他

---

① 高晓声：《“漏斗户”主》，载高晓声《陈奂生上城出国记》，上海文艺出版社1991年版，第12—14页（原载《钟山》1979年第2期）。

② “自家的面粉，自家的油，自己动手做成的。今天做好今天卖，格啦嘣脆，又香又酥，比店里的新鲜，比店里的好吃，这旅行包里装的尽是它；还用小塑料袋包装好，有五根一袋的，有十根一袋的，又好看，又干净。一共六斤，卖完了，稳赚三元钱。”参见高晓声《上城》，载高晓声《陈奂生上城出国记》，上海文艺出版社1991年版，第15—16页（原名《陈奂生上城》，载《人民文学》1980年第2期）。

的这层关系去获取原材料。“‘漏斗户’主陈奂生，人人都认定他要在农业上干一辈子，他自己也从未打过别的算盘。想不到忽然被大队领导看中了，要把他调到队办工厂去。”[1] 刚开始陈奂生并不愿意去，担心会把身子卖给工厂，没了干副业的“自由”。然而采购员的待遇实在诱人，每吨奖金一百五十元，另外还有特殊待遇：“工分照最强的劳动力靠，车旅费实报实销；在外一天，再补贴八角伙食。”（《转业》）陈奂生决定一试。经过一番周折，朴实憨厚的陈奂生通过吴楚搞到了四吨原材料。

> 哪知过了三天，会计竟把他叫了去，拉开抽斗，数出一大叠钞票，一共583元2角，叫奂生当面点清，说这是按厂里规定，付给他的奖金：1吨奖150，连工交办公室的一共4吨，就是600元，扣除了陈奂生16元8角预支的路费。
>
> 陈奂生惊呆了，不相信这是真的。但事实摊在他的面前，不由他不信。他数着那票子，两只手瑟瑟地发抖。他活了48岁，从来不曾数过这么多的钞票，更别说占有了。假使在农业上，就算现在工分单价提高了，至少也要起早摸黑做一年。陈奂生把钱拿回去，好一阵心里不落实，他反反复复在想：“难道这是应该的？”（《转业》）

这600元钱给陈奂生带来巨大欣喜，他从来没有赚到过这么多钱，

---

① 高晓声：《转业》，载高晓声《陈奂生上城出国记》，上海文艺出版社1991年版，第28页（原名《陈奂生转业》，载《雨花》1981年第3期）。

但同时也让他陷入苦恼之中，觉得这笔“飞来横财不是他的劳动所得”(《转业》)。总之，陈奂生拿了600元奖金之后，“高兴之余，总感到不自在。觉得这么容易得来的钱，多少有点不正路”①。这600元，不仅没有诱使陈奂生继续做采购员，赚大钱，反而坚定了他的信念：只有土地才是真正的财富，只有种田才是真正的“活路”。

苏南地区人多地少、农村工业化起步早，社队工厂早在“文化大革命”时期就获得极大发展，新时期更是“异军突起”。由于社队企业发达、集体经济效益好，苏南是全国最后实行生产责任制的地区，对“包产到户”并不像安徽、四川等落后地区那样积极。当然，“大势所趋”，陈家村也要“包产到户”了。然而对于“包产到户”，陈奂生的第一反应居然是抵制。陈奂生忧虑的是，像他这样条件差的弱势家庭，没了集体的靠山，收入会下降：“土地、土地，种了几十年田的庄稼人充分懂得它的好处，为它喜，为它愁，为它笑来为它哭，它是社员心头一块肉。哪个不想把它抱在怀里困觉。好容易经过二十几个年头，才勉强断了私情。虽然有时候看着它受糟蹋，弄得肚子吃不饱，心里又会枯井重波。但单干就是反对共产党，陈奂生饿死也不会唱这对台戏。他已经考验过来了，何必吹胡子瞪眼睛！这样大的事情，能开玩笑吗？……这两年吃饱了肚皮，穿暖了衣，安稳日脚不过，找什么麻烦！分了就凿定好到哪里去吗?!”(《包产》)当了解到一个已经包产的生产队，和自家条件差不多的两家农户减产后，更加担忧了，“总觉得别人都比自己精明、能干、条件好，会发上去，自

① 高晓声:《包产》，载高晓声《陈奂生上城出国记》，上海文艺出版社1991年版，第61页（原名《陈奂生包产》，载《人民文学》1982年第3期）。

己只会落在后头”(《包产》)。

尽管高晓声理解并同情陈奂生“心里有个疙瘩”、依靠集体“吃荫下饭”的想法，但其现实倾向显然是认为陈奂生的忧虑没有必要，他描绘了包产之后苏南农村的繁荣景象：“哈，你们看，1980年江南农村年底年初是什么情景呀！猪满圈，鱼满糖，咕咕呷呷是鸡鸭，白白胖胖有兔羊，到时候都成了砧上肉。缸里米酒沉清了，东邻西舍，三朋四友，碰在一块，高兴就吃，随便哪家都一样。”(《包产》)虽然高晓声对生产责任制无保留地赞颂和拥护，但是从20世纪90年代初的《陈奂生战术》《种田大户》等小说开始，他通过陈奂生包产且成为“种田大户”的经历，揭示了像陈奂生这样的小生产者依靠小块土地可能无法致富的现实。

陈奂生原来想的是为生产队种田，但生产责任制样板的示范效应以及外乡人的现身说法，使他逐渐认同了包产的好处。陈奂生没有听从村民们让其继续跑供销、“亦工亦农”的劝告，谢绝厂长的挽留，辞掉了采购员的工作，他要依靠包产后的土地“过日脚”：“从此同工厂脱钩，在村里包产种田。”[①] 可以说，陈奂生的意识代表了千千万万中国小农的梦想：依靠属于自己的小块土地发家致富。

陈家村像苏南大多数农村一样，实行两田制（口粮田和责任田）：“按照生产队议定的方案，每人可承包口粮田四分五厘。其余土地按劳承包，全劳动力每人承包三亩，半劳动力一亩半。陈奂生的老婆不下田作业，所以陈奂生一户按理只一个全劳动力，连同口粮田应承包

① 高晓声：《战术》，载高晓声《陈奂生上城出国记》，上海文艺出版社1991年版，第82页（原名《陈奂生战术》，载《钟山》1991年第1期）。

四亩八分。"(《战术》) 可是陈奂生觉得四亩八分地根本不够种，"养活四个人也忒紧，要搞副业也没有本事，卖油绳的行当不吃香了，过日子没有额外来源，于是他就要求把他老婆张荷妹也算半个劳动力。……于是陈奂生一共承包了六亩三分"(《战术》)。陈奂生像所有小农一样，苦心经营这六亩三分地，在包产初期，由于粮价提高，陈奂生一家的收入确实提高了。包产之后，陈奂生成了这"六亩三分地的国王"。

二、"种大田藏死钱"

陈奂生从"漏斗户"主变成余粮户主，为社队工厂跑供销又赚了600元钱，即便如此，陈奂生也根本算不上陈家村的"先富户"。陈奂生只会种田，但依靠这六亩三分地养活四口之家，是无论如何也富不起来的。陈奂生的外甥张坤大看得清楚，"(陈奂生、张荷妹)包种了几亩田，埋头死做……看来调几亩田让他们种还是好办法，不过发财是轮不着他们的"(《战术》)。农村经济商品化、市场化之后，种田成本不断增加，粮价红利逐渐减少。"秋收以后，就算政策不变，只怕开支也是很大的，水电费不知摊到几个钱一亩，治虫统一使用的农药和人工又怎么算？还有管理费从哪儿出？一样样都要花钱。城里人总说住在城里费用大，吃口水都要钱，袋里一空就没法过日子。乡下大概也快这样了，陈奂生不禁叹气。"(《战术》)

社队企业办得红火的一些苏南农村，集体主义传统相对深厚，农业机械化也实现得最早；由于社队企业和家庭副业转移了农业人口和剩余劳动力，每个家庭只留少量口粮田，其余的土地交给几个专业户规模经营。农民的收入已经主要来自社队企业（乡镇企业）和家庭副业。陈家村没有实行统一的土地规模经营，但是村办工厂的效益却也相当可观。陈家村村民已经分享到集体企业的好处，“因为工厂赚了钱”，村里决定“划出一部分支援农业”，各户生产方面用掉的水电费“一概不收了”。

陈家村先富起来的人家，一是靠队办工厂，“亦工亦农”；二是靠家庭副业，比如养蚌珠、养鱼、养长毛兔、养地鳖虫、办工厂、做生意等。土地不仅不再是他们收入的重要来源，反而成了小说中很多人的累赘。陈奂生家也养过几只长毛兔、几斤地鳖虫，但由于跟不上形势，看别人赚了钱再养，结果等陈奂生养的时候，市场已经饱和。“奂生不是不晓得副业的好处，也不是束手不做，但是想法不合潮流，做不出名堂。”(《战术》) 在作者看来，陈奂生缺乏商品经济头脑，只会种田，不懂别的营生，小块土地反而成了他个人不能致富的根源：

> 除此以外，陈奂生也不会做别的。……那些有手艺的、会做生意的、能接到轻便加工生活的，甚至一无所长，只要在城里卖得出力气的，都比奂生进账大，都比奂生发得快。奂生空自羡慕，却无从做起。他仍像从前一样，别人找到了合适的位置，他似乎又不曾找到，总不及人家。
>
> 他把工夫全都花在田里。包产以后，队里不论那(引者注：应作“哪”)一家，都不像集体劳动那样，天天下田。有的是巧安排，有的是懒安排，有的甚至已经不放在心上，准备赔产，他们忙于赚大钱，不在乎田里的收成了。只有奂生，全力以赴，一心扑在禾苗上，弄得田里没有一棵杂草，田埄四周刈得干干净净。禾苗因为干湿得宜，施肥及时(治虫是队里统一治的)，长得旺盛而又清秀。有

时已无事可做，他也一天两趟，绕着田转圈子，看见别人家的稻苗要加工，还去提醒人家。主家听了，不管采取什么措施，心里都会诧异，从前他们怎么没想到要选奂生做队长呢！（《战术》）

奂生家的全部收入都靠种田，尽管收入较以前大为增加，但比起陈家村先富起来的各路“能人”可差得远了。不过陈奂生心满意足：“他也看得出来，队里许多人家收入比自己好，有的像发了大财，但那是人家的本事大，他陈奂生种田能种出这样的结果，还是平生第一次，也算中了状元了。他依旧相信‘衙门钱，一缕烟；生意钱，图眼前；种田钱，万万年’的老话。他不肯（也不会）做骗人的江湖郎中，也不信世上真有一本万利的行业。”（《战术》）万行皆下品，唯有种田高，他将自己束缚在那分散的六亩三分地上，做着小生产者、小农的安稳之梦。

小农除了视土地为生命外，另一个重要特征就是守财、不敢冒风险。陈荣大想同陈奂生合伙养珠蚌，两家各出一千块钱的本钱，陈奂生怕蚀本拒绝了。

再过了几天，荣大跑去找他，奂生摇摇头说：“想来想去，还是你独养吧。我养不了。”

“你怕蚀本？”

“是怕。”奂生老老实承认，“我这个人运气不好，注定不会发财的，人家养德国毛兔赚大钱，轮到我养就亏了。人家养地鳖虫国家收购，轮到我养就不收了。凡事等到我去做就没有好处了。你别搭我这个倒霉人，我只配种田，别的都不是我做的，七合升箩八合命，满了升箩要生病。像我这样的人要发财，那么天下谁个还该穷？我还是安份（引者注：应作“分”）点好。积点钱也不容易；容易钱我也怕积。我的钞票都是用自己汗水浸过的，舍不得随随便便脱手。要是蚀脱了，几时再聚得起？等于送脱我的命。”①

后来王洪甫要同陈奂生合作养鱼，也被他拒绝了。养鱼也需要先出本钱，这等于是割陈奂生的肉，而且他还担心鱼被偷，总之不肯冒一点风险。“经过几个回合，陈家村的人都明白了，不管社会怎样变化，陈奂生还是个种大田藏死钱的角色。”（《种田大户》）

“种大田藏死钱”的陈奂生被王生发看上了。王生发之所以看上陈奂生，是因为他在队办工厂跑供销赚了大钱，家里的几亩田无暇照料，他想把田无条件送给陈奂生：

不到一年，王生发就明白土地已经是他的拖累，他在工厂里打开了局面，不但能赚很多钱，而且连老婆也安排到别的厂里去了。他家没有工夫种田。特别是明白了没有必要种田。种田始终是末等生活，就是种好了那几亩田，一年能有几个钱收入？这点钱有没有对他来说都不在乎了。所以即使有工夫也算不来吃那种苦头。到了这种时候，王生发自然又想起陈奂生……可是王生发也讲良心，他晓得种几亩死田没有出息，总要搞点别的名堂才会发家，如果把自己的田让给奂生种，就等于把奂生全家的手脚一

---

① 高晓声：《种田大户》，载高晓声《陈奂生上城出国记》，上海文艺出版社1991年版，第119—120页（原载《钟山》1991年第3期）。

齐捆在田上，再没有工夫做别的了。这不是害了奂生吗？这样想着，就只得放在肚里，不便做出来。现在听别人说了奂生这么些事，心里一亮，暗笑自己聪明一世，糊涂一时；社会上的人，本来是不一样的。想法不一样，爱好不一样，生产和消费能力也都不一样；所以到了共产主义，也只能各尽所能，按需分配，决不能一律对待的。不能拿一己的喜爱，代替众人的喜爱。他王生发认为种田没有出息；陈奂生未必也认为没有出息。他王生发把田地当做累赘；陈奂生怎么也会当累赘呢！陈奂生这也不做，那也不做，只种田配他的胃口。既然如此，他怎么会不喜欢田！对他来说还有什么比田更好的东西呢？把田送他，他自然要。(《种田大户》)

王生发估量得没错，陈奂生果然接受了王生发“不附任何条件的馈赠”。

贪田的陈奂生当然欣然接受。“于是，王生发夫妻两人的四亩半按劳承包田，就经村长同意过户到陈奂生名下，从此，陈奂生一共种了十亩八分，成了陈家村上冒尖的种田大户。”(《种田大户》) 苏南地区的乡镇企业使大部分农村工业化了，单纯依靠土地为生的农民大大减少，相应地，土地也向集中化、专业化方向发展。[①] 但是在20世

---

① 当时的国家政策是：“鼓励土地逐步向种田能手集中。社员在承包期内，因无力耕种或转营他业而要求不包或少包土地的，可以将土地交给集体统一安排，也可以经集体同意，由社员自找对象协商转包，但不能擅自改变向集体承包合同的内容。转包条件可以根据当地情况，由双方商定。在目前实行粮食统购统销制度的条件下，可以允许由转入户为转出户提供一定数量的平价口粮。”《中共中央关于一九八四年农村工作的通知》(一九八四年一月一日)，载中共中央文献研究室、国务院发展研究中心编《新时期农业和农村工作重要文献选编》，中央文献出版社1992年版，第224—225页。

纪八九十年代，土地集中化的规模非常有限，“种田大户”陈奂生也只种了十亩八分地而已，他依靠这十亩八分地维持一个四口之家，还是会捉襟见肘。

除陈奂生外，陈家村其他村民都开始富裕起来了，“他们开始各干各的行当，除种田以外，有的开店做生意，有的办工厂，有的专搞一种副业，有的走南闯北贩卖，有的拉拢关系做掮客，有的靠技术出去当老师傅，有的光着肩膀找雇主出卖劳动力，有的买船买车搞运输，有的穿街走村收旧货……忙忙碌碌，熙熙攘攘，真是龙腾虎跃，生机勃勃”（《种田大户》）。

高晓声揭示了新时期之后中国农村社会分化的现实。就小说中的“陈家村”而言，有的人成为乡镇企业家（经营与管理阶层）、民企老板、商人、专业户，有的则成为农民工、揽工汉，还有一部分仍然以小块土地为生。他们之间的贫富差距越来越大：

> 总而言之，种田大户陈奂生和供销员王生发的收入是悬殊得不能比较的。实在也无法比，因为王生发的收入谁也不摸底。除了王生发，还有劝陈奂生合伙养珠蚌的陈荣大，养鱼的王洪甫，一年的收入，也都比奂生大几倍。（《种田大户》）

陈奂生大概就是新时期的梁三老汉吧，为集体创大业的梁生宝也早就被丑化成如《平凡的世界》中孙玉亭式的人物了。在陈奂生身上，我们看到的是一个小生产者的迷梦及其破灭。陈奂生这个“老农民”真是够“老”的：“陈奂生的榜样大概是一个十亩三间的小窗户，他晓得自己没有本事发大财成大器，能有安安稳稳的温饱日子过就很满足，至于要花多少力换得这种生活就不在乎了。现在他就要守住这样的日子，所以，别人家还不满足还力求发展的时候，陈奂生已经在往回收缩。”（《种田大户》）作者评论道：“这就是陈奂生思想，它是在历史的长河中经过千锤百炼的，他会富起来吗？……他是很容易自满自足的。他至今还是社会中坚——他填饱我们的肚子，但他不会考虑社会是否亏待他；因为他自己亏待自己早就习惯了。”（《种田大户》）

陈奂生“会富起来吗”？到了《陈奂生出国》写作的年代，陈奂生不仅没有“富起来”，而且愈加窘迫了。“陈奂生大半生吃菜咽糠，牛马般出力，自然身亏已久。一旦上了年纪，身体说败就败，不但手脚笨滞，机转失灵，而且操劳不久，就腰酸背痛，渴望歇息。所以，他那个种田大户的担子，是挑不动的了。产量逐年降低，收入逐年减少……加上物价浮动，原来积蓄的一点钱日渐贬值，家中生活，就日见窘迫。”[①] 经济发达的苏南地区尚且如此，其他地区就可想而知了。

总之，陈家村先富农民是依靠社队企业和家庭副业富起来的。除了“陈奂生系列”以外，《水东流》等小说中也呈现了这一主题。《水东流》（1981）中的刘兴大一家富起来靠的是队办企业。刘兴大一家“今年全家净收入工资二千一百十七元六角”[②]。另外，他们还有依靠家庭副业“做蒲包”的收入（一个蒲包净赚一角二）。刘家从土地中获得的收入已经很少。依靠重新开办的队办企业，刘兴大一家的收入大幅增加：

① 高晓声：《出国》，载高晓声《陈奂生上城出国记》，上海文艺出版社1991年版，第133—134页（原名《陈奂生出国记》，载《小说界》1991年第4期）。

② 高晓声《水东流》，《人民日报》1981年2月21日第5版。

> 今年真了不起，生产队分红，大队按比例拨下来八千现金，使全队的工资单价提高了四角七分，把其他大队社员的眼睛都看红了。光这一项，刘兴大全家就增加了近千元收入，他能不高兴吗！他备尝过生活的酸苦，懂得世道的艰辛，在那些“唉唉”的年代里，一家五口，拼死拼活，也几乎积不出钱来。今年凭空增收那么多的钱，却不曾要刘兴大花一点力气，简直不可思议。这难道是合法合理的吗？要说不合法吧，这是领导上大白天当众做出来的，分配方案是经过三级机关批准的，要怀疑都没法怀疑。要说合法吧，那么，几十年来刘兴大那个花一分力气赚一分钱的传统观念就完蛋了。刘兴大就不知道以后应该怎样过日子，他大概要重新到马桶里去翻个身才行。(《水东流》)

刘兴大未来的亲家李才良家比刘兴大家还要富裕。李才良、李松全父子二人分别是大队工厂的供销员和技术员，他们“把厂办得兴旺发达，集体和个人都受到好处”，李才良在“文化大革命”时期就开始兴办社队工厂，“赚的钱替全大队付了电费、学费、医疗费”，后来工厂停办，直到“文化大革命”结束之后才重新开办。(参见《水东流》)“全厂父子一把抓，三年大翻身，钞票一大把一大把分到社员身边。……（李才良家）造了二丈三尺六的高楼，上上下下，一套套新式家具，蜡克树脂漆，光闪闪、澄澄亮；手表，自行车，三五牌台钟，收音机有了不算，还有16英寸彩色电视机……哎呀呀，真是现代化的生活呀！这三年他们父子俩赚得真不少。合法吗？合法。李才良按照公社规定可以从纯利润中提3%，李松全出的产品畅销有奖金，都合法。也没有人不赞成。”(《水东流》）社队企业（乡镇企业）的分红已经成了苏南地区农民收入的重要来源。集体所有制的队办工厂尽管让李才良父子这样有管理才能、有技术的乡村能人最先富裕起来，但其利润分红，也使普通村民得到巨大实惠。

先富起来的李才良，甚至刘兴大一家，是何士光的《乡场上》中西南地区在小块土地上“刨食”的“冯幺爸”们所不敢想象的。冯幺爸的几亩薄田顶多解决了一家人的温饱问题。冯幺爸的“自信”和“尊严”昙花一现，随即就被市场化的浪潮冲洗得无影无踪，其作为农民工一员、作为一名“自由”劳动力的命运已隐然可见。而李才良、刘兴大的发家致富，恰恰得益于集体所有制的社队企业，后者正是前三十年农村工业化试验的产物。

刘兴大帮队办工厂上货赚了点钱，尝到了集体工厂的好处，这位“小生产者”的意识深处闪现出一丝集体主义观念：“生活在这个集体之中的人毕竟不能是旁观者，工厂对他的好处暖着他的心也吊着他的心……”（《水东流》）刘兴大也开始关注队办企业的效益，因为现在办了厂，赚钱的确容易了：“这样的光景，只要太太平平过三年五年，漏碗也能盛满水。怎不叫人动心啊！农业也发展，工业也发展，这日子有了奔头。”（《水东流》）小农意识严重的刘兴大也意识到，只靠小块田地而没有社队企业、家庭副业，是富不起来的。[①]

《送田》[②]中南周村周炳南父子一家的收入，“不靠包种生产队那几亩田里的出产，而是采石厂的工资”。“在南周村上，最不会算账的

① 《崔全成》中崔全成的致富方式同样不是依靠“包产到户”的小块土地，而是通过兼营其他副业（种菜、养殖地鳖虫、人工繁殖珠蚌等）的，参见高晓声《崔全成》，《上海文学》1981年第10期。

② 参见高晓声《送田》，载《高晓声小说精选》，四川人民出版社1999年版，第312—329页。

人，也明白现在种田是出大力气赚小钱的职业。同住一个村上，多年来都走共同富裕的道路，可是，在厂的人过什么日子？在采石场的人过什么日子？做小生意的人过什么日子？搞运输的过什么日子？凭技术做包工的过什么日子？干部过什么日子？种田人过什么日子？全都清清楚楚。瞎子看不见，哑子不会说，心里都明白。”种田最没有收益——高晓声注意到农村的社会分化根源所在。

三、社队企业—乡镇企业

社队企业起步于“大跃进”时期，因为其与人民公社的关系，当时被称为“公社企业”，20 世纪 60 年代初的经济调整时期，由于恢复了生产队，其改称“社队企业”，这一称呼一直沿用到 1984 年，这一年乡镇、村的传统建制恢复，社队企业遂改称“乡镇企业”。

社队企业与“大跃进”时期诞生的人民公社密切相关。怎样缩小城乡差别、工农差别，通过人民公社办工厂开启中国乡村的工业化在当时被视为解决这一问题的有效途径。人民公社主要发展中小企业，其方式主要有：地方上部分国营的中小企业下放给人民公社经营；人民公社利用自己的公积金兴办与农业生产相关的各类小企业。“（人民公社）举办和管理本单位所需要的农具厂、土化肥厂、砖瓦厂、缝纫制鞋厂、粮食加工厂等小型工厂。同时可以在国家计划的指导下，组成和经营宜于分散经营的各种副业生产和农副产品加工生产。”[①]

---

①《郑州会议记录》（一九五九年二月二十七日至三月五日中共中央政治局扩大会议），载中共中央文献研究室编《建国以来重要文献选编》（第十二册），中央文献出版社 1996 年版，第 137 页。

社办企业在20世纪60年代初的经济调整时期被整顿合并，大多数社办企业被认为是失败的而停办了。“文化大革命”时期，社队企业重新兴起，其发展形势和取得的效益远远大于“大跃进”时期。在“文化大革命”动乱的背景下，部分大城市企业向农村转移，而下放干部、知青以及农村的退休工人成了“城乡经济的中介人”。所有这些都促成了“文化大革命”时期社队企业的大发展。

社队企业崛起的更重要原因乃是农村数量庞大的廉价劳动力。苏南社队企业比其他地区发展得更快，其原因首先在于，尖锐的人地矛盾[①]以及富余的农村劳动力和相对发达的经济基础（这奠定了苏南乡村兴办社队企业人力物力上的优势）；同时，城乡二元体制下，农民的保障是土地，工资成本低于国家正式工人。

“文化大革命”结束后，社队企业的规模已经相当庞大。“到1978年，全国社队企业总共有2800多万农村工人，占农村劳动力的9.5%。当时，94.7%的公社和78.4%的大队都拥有自己的工业企业，近30%的公社和大队收入都来自社队企业。无论知识分子们如何看待文革，看待农村集体经济，集体工业发展的成就是不能被抹煞的。农村工业发展的列车是高速列车，而且自1966年到1996年一直高速行驶了30年。”[②]到了新时期，社队企业更是“异军突起”，迅猛发展。

有意思的是，新时期社队企业的发展与生产责任制落实的早晚大体成反比例关系，即那些最早落实“包产到户”、实行家庭联产承包责任制的地区，社队企业越不发达，在这些地区，小块土地是农民收

① 1970年前后，粮食平均亩产已达极限，而人口又不断增加，用费孝通的话说，“办社队工业是‘逼上梁山’”，参见费孝通《小城镇四记》，新华出版社1985年版，第27页。

② 潘维：《农民与市场：中国基层政权与乡镇企业》，商务印书馆2003年版，第71页。

入的主要甚至唯一来源；而那些最晚实行生产责任制的地区，社队企业则相对发达。前者主要集中在人均耕地面积相对较多的中西部地区，后者主要集中在东南特别是苏南地区——这些地区依靠社队企业走上了农村工业化的路子[①]，农民收入的绝大部分已经来自小块土地之外的集体企业和副业。

人均耕地面积相对较多的农村地区，小生产者就更多，他们将自己束缚在新获得的小块土地上，更乐意从土地上“刨食”；而那些客观条件不利、人地矛盾非常尖锐的东南地区（如苏南、长三角地区）的农村则被迫保留集体经济作为最后屏障，希望从非农经济特别是社队企业中获得收入，因为这一地区一向人多地少，已经不存在从越来越少的土地中获得更多收益的希望。可以说，正是集体所有制的社队企业—乡镇企业使苏南地区的农民摆脱了对小块土地的完全依赖，走上了以工为主、工农协调发展的共同富裕之路。

从反面说，乡村工业化同时亦加重了中国农村的贫富不均，因之，农村改革的地区差异性非常明显。工业基础、地理位置、资源条件和对集体工业的不同态度导致了农村地区的贫富分化。[②]“现在中

---

① 社队企业发达的地区通常对“包产到户”不积极。“一般而言，在社队企业比较发达的地区，彻底实施生产责任制很难，因而农村集体得以保存下来，为未来乡镇企业的发展奠定了基础。相反，在社队企业不发达的地区，由于包产到户很受欢迎，农村集体和集体主义精神的没落几乎不可避免，而这又不利于当地乡镇企业的发展。”参见潘维《农民与市场：中国基层政权与乡镇企业》，商务印书馆2003年版，第84页。

② 由于农村工业化，苏南地区的农村已经不同于中西部地区以小农为主的传统农村：“由于乡村工业的发展，苏州地区有些突出的农村已经出现农村居民职业结构的重大变化，就是主要从事工业的人口在比例上超过了主要从事农业的人口，或是说在农村里用在工业上的劳动力已超过了用在农业上的劳动力。最高的纪录已达到4∶1的比例。当然这种例子的社区还称它为农村显然不太合适了。”参见费孝通《三访江村》，载费孝通《从事社会学五十年》，天津人民出版社1983年版，第128页。

国农村经济的发展仍然是不平衡的，穷队和富队之间相差的距离相当大。按人口平均最好的富队已超过千元，而大约还有四分之一的队不到五十元。分析富队之所以能富，最普遍的原因是开展了副业和工业，凡是单打一种粮食的大多属于穷队。”[①]“穷队”也开始面对市场不确定的风险。[②]

> 真正的症结在于，微型的个体户农业根本就不可能使农民“致富”。在中国农村的大部分地区，人口密度大，农民人均占有耕地面积仅一亩左右，只比美国大多数家庭住宅的后院略大些。就算是农产品市场价格很合理，农民怎么可能靠耕种这么一小块地“致富”呢？
>
> 市场已经使中国的小农认识到，往自家的一小块责任田里投入更多的劳动和资金并不合算，那只会导致“自我剥削”。如果不能改善人地比率，农民注定要在市场上处于不利地位。因此，对大多数农民来说，理性的选择是只在自家责任田里进行有限的投入，打出足够养活自己的口粮，或是生产出足够完成国家收购定额的农产品。这种做法固然合理，却不能使农民摆脱贫困。看到市场经济的确使一小部分人富了起来，很多人都怀有致富梦。可

① 费孝通:《三访江村》，载费孝通《从事社会学五十年》，天津人民出版社1983年版，第127页。

② “也是在1984年，农民首次尝到市场的苦头。当年全国粮食产量增长了5.2%，但由于工业产品价格开放，农民的收入反而下降了。作为对市场的回应，农民们减少了对土地的投入，第二年全国粮食产量下滑近7%。但这根本无助于改变农业收入长期停滞的大趋势。”参见潘维《农民与市场：中国基层政权与乡镇企业》，商务印书馆2003年版，第101页。

是，如果没有工业，农民根本就致富无门，只有绝对的以及相对的贫困化。[①]

总而言之，“人地紧张的农村比不紧张的先富”，保留集体工业的农村地区比那些将社队企业承包给私人的地区先富。“从数据上看，至60、70年代，中国农村已经具备了初步工业化的基础。但是1978年前后的农村改革推行后，这些原先隶属于社会集体所有的农村工厂及其基础设施开始划转农民承包，而农民无力承包的则处于荒废状态。这一局面直接导致了原本体系已经较为健全的农村工业经济基础受到削弱。”[②]将社队企业承包给私人，这意味着，单个“农民企业家”面对不确定的市场，失败的可能性加大，即使成功也只是富裕了个人而不是集体。而那些保留了集体工业的地区，社队企业依靠集体的资源和“关系”面对市场，迅猛崛起，给农民带来实惠，这些地区在20世纪80年代中期以后继续将农村改革推向深入。

新时期异军突起的社队企业—乡镇企业改变了农村面貌。以苏南地区为例：

长江北岸开始“草房改瓦房”，苏、锡、常开始“瓦房改楼房”。有些地方沿路可以看到装上阳台，阳台上摆满花卉的别墅式两层楼房，一幢接一幢地绵延几里。集镇上百货公司、电影院、文化宫、书场等新型建筑在宽阔的大道两边耸立，使旧上海的边

① 潘维：《农民与市场：中国基层政权与乡镇企业》，商务印书馆2003年版，第47—48页。
② 苏海舟：《“破茧之初”：1978年前后中国农村与农民的原初状态及地区差异》，中共党史出版社2010年版，第159页。

缘市容相形见绌。有些生产大队开始兴建公共浴室。无锡县前洲乡的一位青年在他花费10,000元建起的三层楼的新居中掰着手指告诉我们：近几年，他和他那在队办纺织机械厂工作的妻子一起，每年收入约4,000元，除了全家三口的日常开支，可以积蓄2,500元到3,000元。这种人家在前洲乡一类的农村里是很普遍的……

使这地区农民富裕起来的主要因素是农村经济结构发生的变化。这些年来江苏全省农副工三业各以不同的速度逐年增长，其中农产品产量的增长率最低（约4%），乡镇工业（即社队工业）的产值增长幅度最大（约90%）。这意味着在农民的收入中，来自农业的比重相对降低，而来自工业的比重越来越大。在我们调查的四个市中，以县为单位，工业产值占总产值的比例，都接近或超过一半，特别是长江以南这三市的县一般都在70%以上。1983年这三市中有无锡、常熟、江阴三县（市）的工农业总产值各超过了20亿元，其中农业产值只占10～20%。据1983年统计，江苏已有塘桥、乐余、前洲、玉祁、周庄、华士、黄巷等七个乡的工农业总产值超过了1亿元，这些乡的工业产值都占90%。农民富裕靠工业，已成了普遍的事实。

值得特别注意的是，由于这些地方工业办得好，因而富裕起来的乡村，农副业收入所占的比例不断降低，而在绝对数字上却相应地增长，速度也较工业不发达的乡村为快。这个事实应当大书特书，因为它向人们展示出我们社会主义建设中的一种崭新的特点：中国社会基层的工业化是在农业繁荣的基础上发生、发展的，而且又促进了农业发展，走上现代化的道路。[1]

苏、锡、常地区最先开始了农村工业化，苏南地区农民的生活水平、工农业人均产值等各项指标都走在了全国前列：

这次，我经江苏到浙江，再从浙江到上海，一路上看到情况很好，人们喜气洋洋，新房子盖得很多，市场物资丰富，干部信心很足……

现在，苏州市工农业总产值人均接近八百美元。我问江苏的同志，达到这样的水平，社会上是一个什么面貌？发展前景是什么样子？他们说，在这样的水平上，下面这些问题都解决了：

第一，人民的吃穿用问题解决了，基本生活有了保障；

第二，住房问题解决了，人均达到二十平方米，因为土地不足，向空中发展，小城镇和农村盖二三层楼房的已经不少；

第三，就业问题解决了，城镇基本上没有待业劳动者了；

第四，人不再外流了，农村的人总想往大城市跑的情况已经改变；

第五，中小学教育普及了，教育、文化、体育和其他公共福利事业有能力自己安排了；

第六，人们的精神面貌变化了，犯罪行为大大减少。

江苏从一九七七年到去年六年时间，工农业总产值翻了一番。照这样下去，再过六年，到一九八八年可以再翻一番。我问江苏

① 费孝通:《小城镇四记》，新华出版社1985年版，第53—55页。

的同志，你们的路子是怎么走的？他们说，主要是两条。一条是依靠了上海的技术力量，还有一条是发展了集体所有制，也就是发展了中小企业。①

社队企业的好处是显而易见的："船小好掉头"，没有国有企业的负担，能很快适应市场从而实现盈利；集体所有制的性质不仅使农民们普遍得到实惠，而且转移了农村剩余劳动力，将大批农民从小块土地中解放出来②；同时，村集体利用社队企业的公积金进行公共建设，短时间内改变了农村面貌。

四、两户："重点户"与"专业户"

如上所述，新时期先富起来的农民，一个重要群体就是依靠社队企业（或个人开办的小工厂）和家庭副业致富的农民，另一群体就是所谓"两户"："重点户"与"专业户"。（这两大群体会有重叠，依靠家庭副业致富的农户也可能是"重点户"；经济发达地区，农民收入开始多元化）

所谓"重点户"是指在以种植业为主业的同时兼营其他专业，

---

① 邓小平：《视察江苏等地回北京后的谈话》（一九八三年三月二日），载《邓小平文选》（第三卷），人民出版社1993年版，第24—25页。

② 正如邓小平所说："农村改革中，我们完全没有预料到的最大的收获，就是乡镇企业发展起来了，突然冒出搞多种行业，搞商品经济，搞各种小型企业，异军突起。这不是我们中央的功绩。乡镇企业每年都是百分之二十几的增长率，持续了几年，一直到现在还是这样。乡镇企业的发展，主要是工业，还包括其他行业，解决了占农村剩余劳动力百分之五十的人的出路问题。"参见邓小平《改革的步子要加快》（一九八七年六月十二日），载《邓小平文选》（第三卷），人民出版社1993年版，第238页。

“专业户”则是指放弃或大部分放弃承包的土地，以各项专业生产为主业。“值得注意的是，全国各地先后涌现出大批有技术专长和经营能力的专业生产者。他们和承包经济中的专业生产者一起，从多种经营中逐渐突出某一专业，成为有重点的兼业户（引者注：即‘重点户’）。”“从事各种不同经营项目的重点户，绝大多数都没有放弃承包土地。然而，随着多种经营和专业分工的发展，越来越多的专业生产者和经营者，逐步脱离种植业，发展成为各种专业户，将会成为必然的过程。”[①]一方面，各类“专业户”离开土地而不进城，活跃了农村经济；另一方面，他们也为农业生产的专业化、社会化方向提供了新的可能性：专业户“一开始就以商品生产者的面貌出现，讲求经济效益，充分利用零散的资金和劳力，发挥了农村各种能手的作用，促进了生产的专业分工和多样化的经济联合”[②]。

从土地的束缚中摆脱出来的“专业户”逐渐成为农村中的“冒尖户”；“重点户”虽然只是兼营各项专业生产，但也被视为农民致富的“引路户”。[③]因此“带头勤劳致富，带头发展商品生产，带头改进生

① 万里：《进一步发展已经开创的农业新局面》（一九八二年十一月五日），载中共中央文献研究室、国务院发展研究中心编《新时期农业和农村工作重要文献选编》，中央文献出版社1992年版，第142、143页。

② 《当前农村经济政策的若干问题》（一九八二年十二月三十一日政治局讨论通过），载中共中央文献研究室、国务院发展研究中心编《新时期农业和农村工作重要文献选编》，中央文献出版社1992年版，第169页。

③ 对于“专业户”与“重点户”的区别，有人做了详细界定：“一般说来，专业户是指脱离了土地或尚有少量的饲料地，主要劳动力实行分工，主要劳动时间从事各种专项商品生产，其商品率较高，专项收入成为家庭主要经济来源的农户，包括承包专业户和自营专业户。重点户是指不脱离土地，以种植业为主，家庭付（引者注：应作‘副’）业为辅，利用业余时间从事各项专业生产的兼业户。”参见苏达民《也谈专业户重点户的概念和标准》，《广西农村金融研究》1983年第7期。

产技术”[①] 的“专业户”，作为“农村发展中的新生事物”被树立为农民的新榜样，成为各级政府的重点扶持对象。“两户”在供销、技术等方面享有各种优惠：“最为有效的支持，是向他们提供必要的社会服务，满足他们对信息、供销和技术进步等方面的需求。”有条件的地方还应“给以必要的经济鼓励”。另外，“两户”也是农村金融信贷的主要帮扶对象。

在文学创作领域，作家康濯曾说：“今天为农村公认的劳模，也不再只属于老实巴交的泥腿杆，而是各种精明能干的专业户、万元户。专业户已成为当前农村先进生产力的代表了。这就出现了农村题材重点转移的趋向，从过去总有点偏于描写勤劳、安分的农民，转到较多地塑造农村新的进取者和勇于面向开发性事业的各种新人形象。”[②] 另一位作家亦要求农村题材小说应该着重表现“两户”。“在和‘两户’的接触中，我深感到他们在建设社会主义新农村中具有重要的作用。”“‘两户’大都是先进科学技术的示范点，推广点。他们无论从事种植业、养殖业或其它工副业，都是靠一定的劳动技能、生产管理经验，善于掌握各种信息发展起来的。他们是农村先进生产力的代表。”[③] 作家的眼睛要“紧紧盯住那些专业户、重点户”，表现农村中的“强者”（也就是致富能人）：“一部分先富起来的农民，财大气粗，闯荡天下，雄浑有力，事实上已成为农村生活中的新一代强者。因

---

① 《中共中央关于一九八四年农村工作的通知》（一九八四年一月一日），载中共中央文献研究室、国务院发展研究中心编《新时期农业和农村工作重要文献选编》，中央文献出版社1992年版，第226页。

② 康濯：《“农民”这个概念变了》，载高风主编《观念更新录》，花城出版社1986年版，第348页（原载《文艺报》1984年第8期）。

③ 叶蔚林：《眼睛往哪里看？》，《文艺报》1984年第6期。

此，我觉得在农村题材创作总的指导思想上，总的趋势上，应当来一个‘战略转移’，把重点转移到表现农民中的‘强者’形象上来。是时候了！生活发出急促的召唤，农村题材的文学创作必须改变气氛；更多地对‘强者’发出讴歌和赞美，少一些对‘弱者’的同情和悲悯。农村中的‘两户’生气勃勃，充满开发精神，他们就是生活中的强者。我们的眼睛必须紧紧盯住他们。这样，对于开创农村题材文学创作的新局面将是有利的。”[①] 作者所说的“更多地对‘强者’发出讴歌和赞美，少一些对‘弱者’的同情和悲悯”，针对的是《鲁班的子孙》这样同情弱者、呈现农村改革复杂性的作品，担忧其“同情和悲悯”会阻碍甚至否定农村改革；其实，在20世纪80年代初，表现改革进程中的落伍者、贫弱者的作品极少，“讴歌和赞美”“强人”“能人”的作品早已是主流。

张一弓的小说《挂匾》中的农民杨根民依靠汽车运输、长途贩卖成了县里有名的“万元户”。富起来的杨根民作为“汽车运输专业户”被评为“特等劳动模范”，成了全县乃至全省的重点宣传对象。县长对“文革”时期批判农村商品化幡然悔悟，表示：“我为自己定下个‘三为’方针：为商品生产鸣锣开道，为‘专业户’牵马坠镫，为劳动致富大造舆论！……”[②] 他为了表示对农村商品经济和专业户的支持，要为县里的五十名“万元户”举行一次“夸富游行”，并亲自为杨根民牵马坠镫。

---

① 叶蔚林：《眼睛往哪里看？》，《文艺报》1984年第6期。

② 张一弓：《挂匾》，《人民文学》1984年第10期。

为首两辆披红挂绿的大卡车上，载着全县十多万农户中有幸当上了劳动模范的五十名“万元户”主。……后边汽车上，有千名以上的县、乡、村三级干部……其余的汽车上，据有关方面的统计，满载着五千三百二十八名村民代表，这是包括男女老幼各色人物的乌合之众。他们嗑着南瓜子，笑迎西北风，喊喊喳喳地谈论着天气、庄稼、市场行情，以及某一个“万元户”用钞票给孩子擦屁股的种种奇闻。

……（汽车）前往那条原名叫城隍庙街，后来数易其名为合作路、跃进路、红卫路，最近又更名为致富路的县城中心大道，开始了一场盛况空前而又使人感到新奇、受到振奋的“夸富游行”。此后，还要直奔县西五旦铺村，去那位特等模范的府第举行隆重的挂匾仪式。那是一块黑漆垫底描金匾，小于门板而大于桌面，上写“劳动致富光荣人家”八个柳体金字。在第一辆汽车的驾驶楼上，这块匾闪耀着夺目的光芒。[1]

杨根民骑在县长亲自为他牵的马上，真切地感受到时代确实变了：

历史在新的一页上已经改变了他的位置，使他由挤在人群里观望别人，变成他骑在马上由别人观望。……历史已经在柏枝彩门和悬挂街头的巨额横幅上，写下了新的标志：

“大力发展商品生产！”

① 张一弓：《挂匾》，《人民文学》1984年第10期。

“向带头劳动致富的专业户致敬！”[①]

这篇小说中的“夸富游行”确有其事。一篇文学评论中记载了一则新闻报道：“临汝县组织二十二家万元户敲锣打鼓上街夸富；县政府给带头致富的人挂匾，县长给他披红戴花牵大马……”[②] 这篇评论的作者列举了她所看到的乡村能人的致富方式，有“搞汽车运输”“开豆腐坊”“办手工业”“创办烤漆厂”等，总之没有一个是完全依靠小块土地致富的。

《万元户主和猫》中的室内香菇养殖专业户李宣庆的致富之路离不开乡政府的扶持——“扶持专业户，那是当前的中心工作”[③]，李宣庆的菌种就是乡政府提供的。成了“万元户”的李宣庆被乡政府树立为致富“表率”。另一位养猫专业户邓旭升则因为农村老鼠的猖獗而发了大财，他高中毕业之后就“开始繁殖猫，研究猫”：

几年下来，他终于摸出了一套繁殖和治疗猫的本事，做上了猫的生意。钻了一个冷门，找到了一块属于自己的立足之地。他很快就发了一笔财。他拿了这笔资金投入再生产，扩大了猫场，并添置了一部分医疗实验器具，挂了招牌，正正式式地经营起业务来，气派还不小呢，上百里的群众都知道他。……“八仙过海，

① 张一弓：《挂匾》，《人民文学》1984年第10期。

② 叶文玲：《“冲进去”与“逃出来”》，《文艺报》1984年第7期。另外，读者可以参考热播电视剧《平凡的世界》中原西县组织的“夸富大会”，每一个乡都有固定指标，开了砖窑的孙少安被拉去充数。

③ 彭东明、彭见明：《万元户和猫》，《当代》1984年第6期。

各显神通"，现在是一个唯本事神通的时代呢。[①]

陆文夫《万元户》中的孙万山是靠承包鱼塘成为"万元户"的[②]；何士光《又是桃李花开时》中的雷兆云则是通过与别人合伙创办农贸公司，买汽车搞长途贩运致富的[③]。类似作品在20世纪80年代初极为常见。

引导农村向专业化方向发展是当时农业政策的重点，目的是通过专业化发展农村商品经济以及种植业的"适度规模经营"；专业化被认为是农业生产社会化的有效途径，因此作为新时期农村"新生事物"的专业户才得到如此高度的重视。"靠八亿人搞饭吃是没有出路的，只有大量的人逐步离开土地，去从事种植业以外的各种专业生产，并使种植业也逐步成为专业化的生产，才能进一步提高农业生产的商品率，实现农业生产的社会化。"[④]不过，专业户数量极少，适度规模经营的专业化生产也只是遥远的目标；生产责任制实施后，土地细碎化，农村的主要生产方式是建立在小块土地之上的家庭作业。

专业化程度高的农村地区，农业、劳动、农民的内涵已经发生变化：农业由单一的粮食生产变为粮棉与农林牧副渔全面发展，专业户和农工商联合体成为20世纪80年代初期农业领域的"新生事物"；农业"劳动"也不再专指种植业方面的体力劳动，事实上，与农业有

---

① 彭东明、彭见明：《万元户主和猫》，《当代》1984年第6期。

② 参见陆文夫《万元户》，《人民文学》1983年第4期。

③ 参见何士光《又是桃李花开时》，《人民文学》1984年第10期。

④ 万里：《进一步发展已经开创的农业新局面》（一九八二年十一月五日），载中共中央文献研究室、国务院发展研究中心编《新时期农业和农村工作重要文献选编》，中央文献出版社1992年版，第143页。

关的经营、管理、贩运等致富新途径被认为是更体面的“劳动”。“更重要的是农民的概念变了。湖南农民过去自称是‘锄头把顿得稳，做田为根本’；现在却说是乡里已有了四种农民：提袋子的，开车子的，摆摊子的，种稻子的，即从事工商专业的农民，开汽车搞运销的农民，做买卖的农民，和作田挖土的农民。其实还有另一类新型的农民，就是正在形成的农业脑力劳动者队伍。近一两年内，全国农村中离土不离乡的农民，即主要不再种地而从事其它专业的农民，据说连家属已不止一两亿。”①

结语

新时期初期农村题材小说中先富起来的农民并不是传统意义上的小农，从中可看出农村改革的主要成就，一是乡镇企业异军突起（这与前三十年农村工业化的遗产相关），二是通过激发农民发家致富的积极性，激活了各项副业和专业生产，乡村中的一些能人以此最先富裕起来。同时，在城市经济改革开启后，多数小农也面临收入无法持续增加的困境。高晓声的“陈奂生系列”中，陈奂生通过新的粮食分配方案及其后的“包产到户”摘掉了“‘漏斗户’主”的帽子，但仅凭传统农业生产方式并未富裕起来。陈奂生的经历和“陈家村”的故事显示，在苏南这个人多地少、乡村工业化起步较早的地区，农民的致富方式更为多元，农民富裕起来主要依靠社队企业和专业化生产。

① 康濯:《“农民”这个概念变了》，载高风主编《观念更新录》，花城出版社1986年版，第346页（原载《文艺报》1984年第8期）。

也因此，陈奂生这个小农，并不仅是承载作家国民性批判的扁平化人物，只具美学意涵，更为重要的是，他带出了广阔的历史—社会面（这正是新时期之初高晓声等关注农村改革的作家的现实主义追求），我们由此看到新时期农村改革的全景以及作家以文学方式深化的现实认知。“陈奂生系列”因之就不是社会学材料，而是以陈奂生这个人物的命运为中心，内含深切人文关怀，展现出与农村改革现实互动的文学力量。

（原载《文学评论》2016 年第 3 期）

从启蒙到政治经济学

——高晓声“陈奂生系列”再解读

作家高晓声1999年7月6日逝世于无锡，墓碑上刻着他说过的一句话：“我敬佩农民的长处，也痛感他们的弱点。”在中国，墓碑上的文字是对逝者的盖棺论定。把高晓声塑造的陈奂生这一形象与鲁迅的国民性批判联系在一起，是20世纪80年代以来的惯常理解。这样的解读连篇累牍，似乎也不失为一条进入作者艺术世界的可按图索骥的捷径。但是，联系到高晓声的个人经验与历史发展的变化重读“陈奂生系列”，一系列问题就会凸显出来：陈奂生这个人物形象是作者启蒙意识的产物还是主要以个人经验为基础进行自我剖析的？“陈奂生系列”的前四篇完成于1982年，时隔八年后，是什么原因使高晓声决定让陈奂生“重出江湖”，一口气续写了三篇？此时，历史已经进入20世纪90年代，作者对陈奂生及其带出的“社会面”的看法有没有发生变化？进而我们追问，创作于“新时期”初期的前四篇与20世纪90年代初的后三篇有着何种关系，作为一个整体的“陈奂生系列”前后存在哪些差异？这些问题牵涉高晓声对变化中的农民与农村现实的认知。

一、从前四篇到后三篇

“陈奂生系列”在中国当代文学史上的经典地位毋庸置疑。尽管高晓声还写过《钱包》《飞磨》《鱼钓》《买卖》《觅》等带有鲜明民间文学色彩的小说，而且作者对之评价甚高，认为这些作品使他的创作带上了“民族风格”[①]；尽管高晓声还根据自己早年的爱情经历创作了更加注重个人体验的长篇小说《青天在上》——然而，提起高晓声，人们首先想到的还是“陈奂生”。究其原因或许在于，“陈奂生系列”带出了文学本身之外的农民历史命运与农村发展变化这个重大问题。可以说，陈奂生这个艺术典型是研究者定位高晓声文学史地位的最重要依据。

然而，研究者们对陈奂生及其历史命运的关注、分析其实仅限于创作于1979年至1982年的《“漏斗户”主》《陈奂生上城》《陈奂生转业》《陈奂生包产》（后三篇收入《陈奂生上城出国记》时分别名为《上城》《转业》《生产》）。对这四篇小说的解读我们已经非常熟悉，当时的评论者依据新时期初期的思想意识、新启蒙话语认为陈奂生这一形象是对鲁迅国民性批判的接续，“包产到户”解放了陈奂生这样的小生产者，他们的欢欣泪水是对“极左路线”的否定：

作者通过陈奂生的类似阿Q式的精神胜利法的独特表现，又

① 高晓声：《我的小说同民间文学的关系》，《苏州大学学报》（哲学社会科学版）1989年第1期。

悲又喜地写出了正在转变的老一代农民，由于背负着历史的负担而步履维艰，但现在他们终于迈出了“渴望过精神生活”的第一步，这是何等令人辛酸又令人高兴的历史性的变化啊！小说深刻地揭示了在极左路线的重压下，象陈奂生这样的老农民过去除了沉重的劳动以外，已经失去了任何象样的精神生活；而今天，陈奂生的精神生活才得到了某种满足，这才开始了某种意义上的人的“复归”。这难道不是一代农民的历史命运的深刻变化吗？①

不可否认，20世纪80年代的类似解读有其根据。高晓声多次谈到启蒙和教育农民的问题：“讲到反封建，这就要对农民做大量启蒙工作，我敬佩农民的长处，也痛感他们的弱点，我们不能让农民的弱点长期存在下去，不能让他们再这样贫困愚昧下去。改变农民的物质生活和精神面貌是建设社会主义极其严重的任务。”② 他也多次表达过把自己和农民从所谓的“因袭的重负”中解脱出来的想法。③

---

① 陈辽、胡若定：《农村生活的新画卷——读近年来反映农村生活的一些短篇小说》，《文艺报》1981年第12期。在影响最大的两本中国当代文学史中，这一看法基本被延续下来。陈思和的《中国当代文学史教程》的评论是：“作者对陈奂生既抱有同情，又对他的精神重荷予以善意的嘲讽，发出沉重的慨叹，这种对农民性格心理的辩证态度，颇具鲁迅对中国‘国民性’的‘哀其不幸，怒其不争’的精神传统。”参见陈思和主编《中国当代文学史教程》，复旦大学出版社2006年版，第238页。洪子诚的《中国当代文学史》中写道：“从当代历史发生的挫折与传统文化积习相关的理解出发，作者揭示了作为一个‘文化群体’的农民的行为、心理和思维方式的特征：他们的勤劳、坚韧中同时存在的逆来顺受和隐忍的惰性……”参见洪子诚《中国当代文学史》，北京大学出版社2007年版，第267页。

② 高晓声：《生活、目的和技巧》，载高晓声《创作谈》，花城出版社1981年版，第74页（原载《星火》1980年第10期）。

③ 参见高晓声《且说陈奂生》，载高晓声《创作谈》，花城出版社1981年版，第16—21页（原载《人民文学》1980年第6期）。

关于启蒙、国民性批判后文还要涉及，这里只想指出：即使我们承认这一主题的有效性，那么它在前四篇中业已充分揭示，陈奂生的性格刻画业已高度完成，陈奂生作为中国小农代表的形象已非常饱满。当时的作者也决定让陈奂生“退休”。然而，八年之后的1990年，高晓声再次以陈奂生为主角一口气创作了《陈奂生战术》《种田大户》《陈奂生出国》三篇小说，而且这三篇总计十万多字，远超前四篇的六万字。是什么原因让高晓声时隔这么长时间再次续写陈奂生？难道他就为了重复自己、重复被评论家认定的前四篇小说对农民和现实生活的理解？

或许根本原因在于，苏南农村发生了新变化，农村的社会风气和农民的精神面貌呈现出新趋向。从这个角度说，八年之后的《陈奂生战术》《种田大户》和《陈奂生出国》(《陈奂生战术》《陈奂生出国》收入《陈奂生上城出国记》时名为《战术》《出国》）一方面试图对变化中的农村、农业、农民做一记录，另一方面也是对之前观点的修正与反省。

“陈奂生系列”共七篇小说，虽然是一个整体，但是前后期的着重点并不相同：前四篇以个人经验和时代语境为基础，剖析自我和农民的历史命运，顺便搭上了风靡一时的新启蒙话语的顺风车。八年后农民问题凸显，“陈奂生”重出江湖，然而后三篇的重心已不再是人物刻画和所谓国民性批判，而是以问题为中心，通过陈奂生包产后的八年生活来看苏南农村发生的新变化，展示陈奂生在“新时期”“翻身”后的最终归宿。苏南农村的新面貌、农民的分化成为后三篇的中心关切。

同时，后三篇也无意中显示了启蒙的无效。小生产者的文化积习、“落后”礼俗乃至生活方式的变化，靠的不是静止的启蒙和国民性批判，而是生产方式和发展方式的变迁。在这一点上，经典马克思主义的看法依然有效。然而，在20世纪80年代，把政治经济上的问题转化为文化或国民性问题是非常普遍的做法。如果说20世纪80年代是沉溺于文化批判的理想年代，20世纪90年代则是践行经济理性的现实年代。在这个意义上，“陈奂生系列”的前四篇与后三篇正是两个不同年代时代精神的折射，从前四篇到后三篇十二年的时间跨度也与从80年代向90年代的过渡若合符契。通过对“陈奂生”的不间断跟踪，高晓声记录了这位小生产者从解除“桎梏”到再次被戴上新锁链的全过程。

学过经济学又参加过社会主义实践的高晓声，尽管20世纪80年代后期受到新启蒙话语影响，不断提及国民性问题，但农村的现实变化（农民的分化和农村的地区差异）超越了他的国民性话语，使他客观上回到了政治经济学上来。

高晓声曾感慨“上城出国十二年，小说一篇写白头”。确实，前后十二年描写一个人物及其带出的社会面，说明在作者那里，后三篇与前四篇至少同样重要。可是令人不解的是，研究者和评论家为什么要腰斩“陈奂生系列”，只关注前四篇甚至仅仅是前四篇中的《陈奂生上城》呢？

二、农民身份及其启蒙方式

从高晓声的创作谈和演讲中，读者不难发现他试图接续社会主义革命中“教育农民”的传统：“只有去理解农民……看看他们身上有哪些积极因素，那（引者注：应作‘哪’）些因袭的负担，然后抑浊扬清，同着他们一道前进。除了这条路，没有别的路可走。百分之八、九十的人不肯走，你能走吗？不管怎么样，在我们这样特定的国家，特定的历史条件下，要关心农民的成长，对农民应该做启蒙工作，应该付出劳动，而且应该是巨大的劳动。”[①]尽管如此，此时的高晓声对待农民绝不是启蒙者惯有的那种居高临下的同情和俯视，而是以一个农民的身份为农民“代言”，更多的是对农民的敬佩和感激，这与民国时期那些看不到农民身上蕴含的巨大力量的乡土作家、启蒙作家截然不同。他看到农民的隐忍和顺从，也发现农民的不屈和韧性：“我对陈奂生们的感情，决不是什么同情，而是一种敬仰，一种感激。……我能够正常地度过那么艰难困苦的二十多年岁月，主要是从他们身上得到的力量。正是他们在困难中表现出来的坚韧性和积极性成了我的精神支柱。……回顾这些年来，我完全不是作为一个作家去体验农民的生活，而是我自己早已是生活着的农民了。”[②]

高晓声所说的“启蒙农民”其实更类似变换农民的精神状态，以使其接受新时期的农村改革及其意识形态。因此，他的启蒙其实与当时的“解放思想”无甚区别。

值得注意的是，高晓声的启蒙方式也很独特，他是通过写农民来剖析自己，再以剖析自己来反思农民，通过个人经验带出广阔的历史与现实。高晓声小说中的很多细节都是作者本人的经历，“陈奂生”这个人物更是有着作者的影子：

---

① 高晓声：《扎根在生活的土壤里》，《文艺研究》1981年第1期。

② 高晓声：《且说陈奂生》，载高晓声《创作谈》，花城出版社1981年版，第14页（原载《人民文学》1980年第6期）。

《陈奂生上城》有我自己的生活经历在内。我恢复工作后，往常出差，住招待所。现在招待所也供不应求，能找到住也不容易。所以，住什么样的房间，是好是差，不是我能决定的，要当地接待我的人和招待所联系后根据可能安排。但主人们总希望我这位客人能住得好一点，因此我往往住进了较好的房间，住一夜要付五、六元，七、八元不等。我想苏南农民劳动一天，通常只有七、八角收入，住一夜倒花掉农民近十天的工资，悬殊实在太大。人的价值为什么这么小？床的价值为什么这么大？普通干部和工人的工资也不过六、七十元一月，要三个人的工资合起来才抵得一张床呢。这种情形，农民不但不知道，告诉他们，他们都不信。反笑我说海话。“海话”就是吹牛。因此我就想，若能让他们去住一夜，就会相信了。①

小说写陈奂生住招待所花了五元钱的经历，让他觉得“总算有点自豪的东西可以讲讲了”，有了在村民和老婆面前炫耀的资本，仅花了五块钱就买到了“精神的满足”，因此“值透”。参考上面的引文，我们知道陈奂生的心理其实是作者自己的。至于高晓声本人第一次住高级招待所有没有出陈奂生那样的洋相，读者只能想象，不得而知了。

陈奂生们即使当了几十年“漏斗户”，也还是对未来、对生活抱有坚定信念：“他们活着，始终抱定两个信念：一是在任何艰难困苦的情况下，相信能依靠自己的劳动活下去，二是坚信共产党能够使他

① 高晓声：《〈陈奂生〉前言》，载高晓声《生活·思考·创作》，上海文艺出版社1986年版，第24—25页。

们的生活逐渐好起来。”[①] 这就是高晓声所说的农民的坚韧性和积极性吧，这种精神品格也感染到高晓声：“我相信社会主义和共产主义的原则，相信共产党的纲领。原因很简单：我在这世界上找不到更好的东西了，想想这个原则，想想这个纲领，一个人的精神境界就会变得美和崇高，就有力量去同丑恶战斗。所以，对我来说，这种信念不是空洞的，不是盲目的，不是人云亦云的，不是把我打成右派就能使我动摇的。它是我为人处世之道，是我判别是非，区分善恶，鉴定美丑的依据。发而为文时，我就知道如何褒贬！”[②]

让高晓声不满的仅仅是，陈奂生是一个“跟跟派”，太听“生产队长”的话，没有“主人翁意识”。新时期陈家村要实行“包产到户”，陈奂生的第一反应居然是抵制，担心自己这样的弱势家庭会减产。高晓声抱怨陈奂生在那个“极左年代”没有抵抗“错误路线”，是“愚昧”和“顺从”的表现。但是高晓声忽略了，陈奂生这样的小农虽不是此前时代的先进人物，然而经过近三十年的社会主义教育和农业集体化实践已或多或少具有一些集体意识。陈奂生依靠集体“吃荫下饭”的想法乃是因为集体在有其弊端的同时也为他这样的弱势家庭提供了最基本的社会保障。而高晓声的“启蒙”就在于，“教育农民”，让他们在新时期摆脱那些因袭的思想意识，“各显其能”。

高晓声对李顺大、陈奂生们物质上的匮乏感同身受：“农民生活中涉及的每一个角落，也都有我的印记。公社、大队、生产队的丰产或歉收，富裕或贫困，措施正确或错误，一个政策所起作用的好坏，

① 高晓声：《且说陈奂生》，载高晓声《创作谈》，花城出版社1981年版，第13页（原载《人民文学》1980年第6期）。

② 高晓声：《谈谈有关陈奂生的几篇小说》，《文艺理论研究》1982年第3期。

干部作风正派或邪恶，以及一场大风或暴雨产生的效果，我同农民的感受都是共同的。……我不光是看到李顺大们造屋的困难，我自己也有这焦头烂额的经历。我不光看到‘漏斗户’主们揭不开锅，我自己也同他们一道饿着肚子去拼命劳动以争取温饱的生活，同他们一起挺直了腰板度过那艰难困苦的时期。”[①] 高晓声1958年作为“右派”被打回原籍（江苏常州董墅村）务农，不久婚后一年的结发妻子因肺病去世。高晓声本人也患有严重的肺病，1965年曾做肺部手术，摘除了一叶肺，抽掉了四根肋骨。[②] 所幸20世纪60年代初“右派”摘帽后，他进入三河口中学当老师。“文革”中恓恓惶惶，1971年，43岁的高晓声与29岁的寡妇钱素贞结婚。高晓声是独子，上面还有两个老人，钱素贞又带来两个女儿，再加上不久之后出生的儿子，三代人组成了一个七口之家。这样一个家庭与小说中的陈奂生家一样，肯定会时不时捉襟见肘。所以对于有利于农民的新分配方案，高晓声是热烈拥护的。可以说，作为一个“生活着的农民”，高晓声对陈奂生们的愿望是十分了解的。

然而另一方面，这个“生活着的农民”，并不是一个“思想上的农民”。即使生活上高晓声完全农民化了，他这个农民也与陈奂生这样的小农不同。高晓声是乡村能人，他说新时期即使不写小说，也会“非常出色”。确实，他在农村不仅会各种农活，做过篾匠，而且在社队企业当技术员研制过“九二〇”，还繁殖过蘑菇，培育过木耳，经他指导的农民都发了财。[③] 同时，他还是一个有文化的知识分子，农

---

① 高晓声:《谈谈有关陈奂生的几篇小说》,《文艺理论研究》1982年第3期。

② 参见高晓声《刃的怀念》，载《高晓声散文自选集》，作家出版社1999年版，第92页。

③ 参见叶兆言《高晓声：另类的农民作家》,《学习博览》2007年第5期。

民们有事会同他商量。[1] 因此，高晓声尽管熟悉农民的生活和想法，但在感情上与农民一直是有疏离的。这种疏离在他 1979 年进城后很快就表现出来了。这位“生活着的农民”显然不会在新时期安于乡村能人、乡村文化人的角色，他要克服二十多年的农民习气，回到启蒙的知识分子的地位上来。

总之，“陈奂生系列”的前四篇，一方面有高晓声自己的影子，作者通过对个人经验的征用来剖析自己和农民的精神状态，同时另一方面也确实有着启蒙意图，然而这个“启蒙”如上所述，从一开始就与“五四”时期的启蒙不同，因为作家本人及其描写的农民和农村已经经过了社会主义改造。如果非要以“启蒙”视角解读前四篇，那么“启蒙”的主要目的用高晓声的话来说，是让陈奂生们具有“文化科学知识”“现代办事能力”和“主人翁的思想”[2]，可是这与新中国成立后“当家作主”“科学种田”的口号不是一致的吗？

在高晓声看来，陈奂生们只有具备“主人翁的思想”“文化科学知识”和“现代办事能力”才能得到改造，而陈奂生的小农思维正与之相乖谬。那么，高晓声能发现“包产到户”重新释放的千万小农与现代农业的矛盾吗？在农村商品化转型中，陈奂生这样的小农会富裕起来吗？他们会走向何处？在前四篇中，高晓声还在为新农村政策和“包产到户”欢呼，来不及预料其后历史的发展，但苏南年农村的变化很快使他意识到了这些问题。

---

① 参见高晓声《谈谈有关陈奂生的几篇小说》，《文艺理论研究》1982年第3期。

② 参见高晓声《〈李顺大造屋〉始末》，载高晓声《创作谈》，花城出版社1981年版，第40—41页（原载《雨花》1980年第7期）。

三、小生产者的历史命运与苏南农村的新变化

1988 年，高晓声在演讲中多次讲到此前没有提及的“国民性”。高晓声认为农民占中国人口的百分之八十，因此国民性、民族性指的就是“农民性”。此时他虽也提到对农民的感激以及农民的“优良品性”，但对农民“劣根性”的批评多了起来，并开始反省“农民意识”对非农民的影响。①

已有研究者注意到这一变化。刘旭认为高晓声身份地位改变后，越来越精英化，“陈奂生系列”的后三篇严重脱离现实，仍然惯性延续着早期的主题，“执着于脱离现实的、静止的国民性批判”②（其实高晓声在 20 世纪 80 年代初并未提到国民性）。在这位研究者看来，陈奂生在《陈奂生战术》《种田大户》《陈奂生出国》中被描写成“营养丰富的坏人培养基”③，“在此，高晓声表现出了刻骨铭心的恨”，进而追问“高晓声这个农民的‘代言人’，是何时变成为农民的鄙视者和否定者的”。作者认为由于高晓声的“虚荣心、小聪明和世俗化”，导致他脱离了现实，与陈奂生们越走越远。④

---

① 参见高晓声《中国农村里的事情——在密西根大学的讲演》，《当代作家评论》2006年第2期。该讲演作于1988年3月22日。

② 刘旭:《高晓声的小说及其“国民性话语”——兼谈当代文学史写作》，《文学评论》2008年第3期。

③ “他虽然是一个实实在在的好人，却也是营养丰富的坏人培养基”，因此高晓声决定让他退休。高晓声说陈奂生是坏人培养基，理由是，陈奂生有着严重的小农心态，与现代化格格不入；另外，他身上沉淀了很多在高晓声看来应该清除的传统中国礼俗习惯。参见高晓声《陈奂生上城出国记·后记》，上海文艺出版社1991年版，第226页。

④ 参见刘旭《高晓声的小说及其“国民性话语”——兼谈当代文学史写作》，《文学评论》2008年第3期。

高晓声既有农民精明狡黠的品性，也有文人游山玩水的性情。笔者也同意：高晓声进城之后拉开了与农民的距离。然而，在作者那里，虽然认为小农陈奂生们“弱点”太多，但终其一生他还是保持了对农民的深厚感情，因此即使高晓声的身份地位变了，也不太可能对陈奂生们怀有“刻骨铭心的恨”。

高晓声进城后确实存在脱离现实的危险，但是二十多年的农村生活以及与家乡董墅村千丝万缕的联系，使得高晓声对苏南农村的变化了如指掌。他后期的三篇小说并未脱离现实，而是深植于苏南农村的深厚土壤的。苏南农村的现实发展超越了国民性批判的意图，后三篇呈现了小农陈奂生依靠小块土地无法致富的现实以及农民分化和农村地区差异的图景。

《陈奂生战术》写陈奂生辞掉社队企业采购员的工作，承包了六亩三分地，成为“六亩三分地的国王”，《种田大户》中，陈奂生又耕种了别人无暇照料的四亩半地，这样贪田的陈奂生一共种了十亩八分田，一跃成为村里的“种田大户”。那么，此时“陈家村”发展情况如何？其他村民们又是怎样生活的呢？

像大多数苏南农村一样，陈家村乡镇企业发达，集体主义的村办工厂，不仅富裕了企业经营和管理者，而且其巨大收益也让普通百姓得到实惠。陈家村的先富村民的致富方式，一是靠乡镇企业，二是凭借各项副业。可以说，他们没有一个是依靠小块土地致富的。土地不仅不再是陈家村村民的主要收入来源，而且成了很多人的累赘。“包产到户”不久，陈家村的农民就开始分化：“总而言之，种田大户陈奂生和供销员王生发的收入是悬殊得不能比较的。实在也无法比，因为王生发的收入谁也不摸底。除了王生发，还有劝陈奂生合伙养珠蚌的陈荣大，养鱼的王洪甫，一年的收入，也都比奂生大几倍。”[①]作者在20世纪80年代中后期即发现了其后“三农问题”的端倪。高晓声在20世纪80年代初期就写了依靠社队企业先富起来的刘兴大一家（《水东流》），在后三篇中，高晓声进一步揭示了陈奂生这样的小农依靠小块土地无法致富的现实。在高晓声看来，“泥腿子”无法致富，他评价《泥腿》中和陈奂生一样的朱坤荣：“朱坤荣走致富道路的那双脚沾满了泥巴，绝对走不远，人们不能像他那样富裕起来……”[②]高晓声写了许许多多的农民（当然陈奂生最有名），这些农民并不都像陈奂生一样是小生产者。对于其他依靠副业和社队企业先富起来的乡村能人，作者基本都持肯定和赞扬的态度。因此，对于高晓声来说，陈奂生并不足以代表所有中国农民，他顶多是新时期一个醉心于包产的小生产者的典型。

高晓声之所以续写后三篇，其主要动机就是要记录下农村发生的新变化——对这一变化的深刻披露在20世纪80年代末90年代初可谓绝无仅有。虽然包产初期，因国家大幅提高粮价等新农村政策，农民收入大为增加，但是当1984年以城市为中心的商品经济改革启动后，小农经济遭遇甫临的市场，农用工业品价格高扬，粮价降低，农民开始陷入新的困顿。“奂生家的全部收入都靠种田”[③]，虽然是“种田大户”，到了《陈奂生出国》写作的年代，陈奂生不仅没有富裕起来，而且愈加窘迫了：“（粮食）产量逐年降低，收入逐年减

① 高晓声：《种田大户》，载高晓声《陈奂生上城出国记》，上海文艺出版社1991年版，第128—129页。

② 高晓声：《关于写农民的小说——在斯坦福大学的讲演》，《当代作家评论》2006年第2期。

③ 高晓声：《战术》，载高晓声《陈奂生上城出国记》，上海文艺出版社1991年版，第103页。

少……加上物价浮动，原来积蓄的一点钱日渐贬值，家中生活，就日见窘迫。”[①]

最重要的是，高晓声不仅观察到小块土地可能无法使农民致富，农民的致富途径更多是依靠乡镇企业和各项副业（而这直接与农民的“文化科学知识”和“现代办事能力”联系在一起），而且注意到“包产到户”后中国农村发展的地区差异：“一九八二年，苏南农民普遍开始把平房改造成楼房，而苏北农民还只在掀掉草房盖瓦房。号称‘天府之国’的成都平原，盖新房的农民还是凤毛麟角。”[②]之所以有如此差距，就在于高晓声所说的“起点不同”，苏南农村的起点是社队企业（1984 年后改称乡镇企业，社队企业—乡镇企业是前三十年农村工业化的产物）[③]，而其他地区的起点则只有“包产到户”。陈家村在新时期之后逐渐工业化，集体所有制的乡镇企业让农民富裕起来了。正如高晓声所说：“时代不同了，富裕起来必须有重要的新因素，如果工业处在落后状态，农副产品就找不到足够的市场，销不掉就很难富起来。四川的工业水平无法同苏南相比，所以经济发展的水平就大相径庭了。”[④]由于乡村的工业化，苏南农民也亦工亦农了，他们的收入已主要来源于乡镇企业。“我们苏南的农田就越来越成了问题，现在苏南各乡各村，一般都有百分之五十以上的农民在工厂做工，比较

① 高晓声:《出国》，载高晓声《陈奂生上城出国记》，上海文艺出版社1991年版，第134页。

② 高晓声:《中国农村里的事情——在密西根大学的讲演》,《当代作者评论》2006年第2期。

③ 关于社队企业—乡镇企业的历史及其与农村发展的关系，参见潘维《农民与市场：中国基层政权与乡镇企业》，商务印书馆2003年版；苏海舟《“破茧之初”：1978年前后中国农村与农民的原初状态及地区差异》，中共党史出版社2010年版。

④ 高晓声:《中国农村里的事情——在密西根大学的讲演》,《当代作者评论》2006年第2期。

高的比例达到七八十，还有的村全部农民都在工厂做工，八小时以外方能务农。他们已经不是职业农民而是业余农民，在农闲的时候他们还能够利用业余时间去照顾土地，但到了农忙时就只能依靠外地的亲友和临时工了。他们的收入超过城市里的一般工作人员，有的甚至超过很多。他们的消费水平也高过城市。这些村庄里的农民不愿到村庄以外去找工作。”“浙江宁波地区，平原上的农民大都从事工商业去了，无暇顾及土地。”[①] 高晓声的小说《送田》描写的就是这一情况。高晓声对农村新问题、新情况的捕捉极为敏锐，怎么能说他脱离现实呢？

高晓声以自己的家乡董墅村（陈家村的原型）为例展现农村地区发展的不平衡：

> 新时期以来，我家乡的农民很快就找到了许多发展家庭经济的办法，发达的工业既替他们准备了工作又为他们提供了副业产品的市场，农民进行任何工副业生产得到的利益都比农业生产高得多。因此，很快就失去了包产到户的兴趣，把分到的土地看成包袱，他们已经不要土地了，想送又送不出去，因为没有人接受。但是在江西吉安地区，农民还是希望能有多一些土地供自己使用。还在“剥削”路的边沿，大路的边沿和田埂的边沿，使那些道路悄悄地变狭，而扩大了各自的耕作面积。[②]

---

① 高晓声：《中国农村里的事情——在密西根大学的讲演》，《当代作者评论》2006年第2期。

② 高晓声：《中国农村里的事情——在密西根大学的讲演》，《当代作者评论》2006年第2期。

显然，在后三篇中，高晓声对“包产到户”、小农经济及陈奂生这样的小生产者有了新的更为复杂的看法。他最终认识到：“苏南农民最向往的还是这种乡村工业化的方式，集体富得极快，贫富差别不大，矛盾很小，社会安定。”①

另外，高晓声也观察到农村的新变化所带来的观念和社会风气的改变：“公开的和私下的，正当的和错误的，高尚的和低下的，合算的和上当的，合法的和非法的，浩浩荡荡，一如长江激流，鱼龙和泥沙俱下，许多旧的观念，正在受到这股激流冲刷。当然这样的激流不可能是清泉，它会带来许多不干不净的东西。”②这一问题，王润滋的《鲁班的子孙》曾予以揭露，同样，这也是后三篇的关注所在。小农经济和个体经济恢复后，接受了三十年社会主义教育的陈奂生，彻底倒在了“钞票”面前，小说忍不住议论道：“人头上戴了箬帽，天就被箬帽遮住了，心头上包了钞票，思想就被钞票覆盖了。”③在后三篇中，小生产者陈奂生守财、不思进取，视金钱为一切，他当“漏斗户”主时邻里都曾借米与他，可此时，当邻居向他借一点钱暂用时，他却分文不予。“陈奂生夫妻两个，财还没有发，刚有了几个臭钱，脸孔就变了。……他以前困难时候，总来开口借三斤、五斤米；好几次哩！我们都借给他。那时候我们也并不是有得粮食多，也是束紧了肚皮省下来的！总是要互相帮忙嘛！现在他一有钱就忘了

① 高晓声：《中国农村里的事情——在密西根大学的讲演》，《当代作者评论》2006年第2期。

② 高晓声：《中国农村里的事情——在密西根大学的讲演》，《当代作家评论》2006年第2期。

③ 高晓声：《种田大户》，载高晓声《陈奂生上城出国记》，上海文艺出版社1991年版，第109页。

交情。漏斗变成筌笼了。”[1]集体主义传统深厚的苏南农村尚且如此，其他地区就可想而知了。陈奂生积攒了一点钱，他的精神生活竟出奇地丰富起来，这“精神生活”居然是有钱能买到自己想要东西的满足感。除了金钱至上观念、私欲对传统美德的侵蚀，社会风气也变了：

> 左邻右舍，彼此已不知道对方赚了多少，只能凭花钱的气派去推测。除了造房子，电视机、收录机开始在陈家村露出头角，城市里花花绿绿的打扮，姑娘头上的卷发，传播之快，真如一夜春风吹，千树万树梨花开；全不用干部关心去做典型试验和全面推开的工作。赌博的不叫自聚，烧香的成群结队。这也不是阶级敌人在暗中兴风作浪，不过是老习惯仗了财势复兴而已。[2]

《种田大户》提出了农民有钱之后“怎么过日子”的问题。在商品经济和甫临的消费主义面前，知识分子的那套启蒙观念失效了。

在《陈奂生出国》中，高晓声以知识分子（辛主平）的视角批判了陈奂生小农思维的愚昧，然而又以陈奂生的视角讽刺了现代工农业存在的一些问题。学经济学出身的高晓声重新打开了政治经济学视野：苏南农民认同的集体性的乡村工业化，相较分散的小块土地，更

---

① 高晓声：《种田大户》，载高晓声《陈奂生上城出国记》，上海文艺出版社1991年版，第114页。

② 高晓声：《种田大户》，载高晓声《陈奂生上城出国记》，上海文艺出版社1991年版，第115—116页。

能改变此地农村落后面貌；变革生产方式而非观念说教才是启蒙农民的关键。小生产者陈奂生被市场化裹挟而愈加窘迫，他的小农意识也将在这一进程中遭遇危机。

［原载《首都师范大学学报》（社会科学版）2016 年第 6 期］

后　记

本书文章发表于2016年至2024年，可以说是作者过去近十年关于文学与社会思考的小小总结。其中几篇构思于博士研究生期间，读书时的遗风尚存。这几年一些看法有了改变，整理此书时调整了早期文章的表述方式，尽量辩证平和，内容上稍有增删，观点则基本未动，就让它们为一个时期的自己作证吧。

读博期间，受20世纪90年代后期思想论争余绪影响，想跳出文学研究的圈子，因此兴趣转向了历史、政治、社会。博士研究生四年完全离开了中国现当代文学，属于不看作品的文学研究者的典型，那时候也根本没想过发文章、找工作、进学术圈这些事，“只拉车不看路”，看的书杂乱无章，到了该写博士学位论文的时候，才发现需要写一篇文学论文，匆忙之中选了一个题目，捏合了一些作品进去，当然最后非常失败。最大的遗憾就是没有写好博士学位论文，没有手握一张能让自己行稳致远的学术入场券，给学术之路开个好头，而据此形成的知识结构也不是典型中文系博士研究生的知识结构。来中央民族大学当老师才发现，不论是教学，还是科研，都必须立足自身专业，于是补看作品，重回专业领域，经过这几年的调整，基本回来了。

博士研究生期间留意过当代中国的科学问题，看过一些教育、工业、科幻题材的作品，这是本书那篇有关科学的文章的由来。因彼时关注点不在文学，写法问题未在考虑之列（陈奂生那两篇亦是如此），其实这篇可以写得更好，比如增添史料使之更规范，社会问题与文学分析更好融合，表述更加平易，等等。总之，虽自认核心观点尚未过时，若今天写肯定是另一副面貌。剩下关于周立波、阮章竞的几篇较为用心，近年来的社会史、人文性思路在其中留下了印记。

本书出版实属无奈。2023 年还在纠结要不要出书，将过去的东西汇总起来，实不甘心，一度横下心来，按自己的节奏，写“像样”的专著。当然，这样的抱负需要时间保障。这两年几乎把所有精力都投入教学中去了，备课，上课，常规工作，各种杂事，竟无一点安下心来从容做学问的时间。去年年底，爱人怀孕，未来生活状态将发生根本性的变化，终于无法淡定了。我把这本小书当成告别过去、走向未来的起点。一个生命在孕育，期待一个新我和这个新的生命一起到来。

感谢爱人温雪的理解和支持。所收文章曾在《文学评论》《文艺理论与批评》等刊物发表，感谢何吉贤、鲁太光、崔柯、李静、罗雅琳诸位师友。中央民族大学文学院为此书出版提供了资助，一并致谢。

2024 年 6 月 8 日，昌平沙河高教园